加藤克信
小堀文一
塩田全美
谷口弘子
中田雅敏

現代作家代表作選集　第6集

勝又　浩［解説］

鼎書房

目次

誰も知らない My Revolution

加藤克信

一

僕らの中学校は前の年まで市内で一番荒れていて悪かった。どっかの中学がうちの学校まで喧嘩を売りにきていた。有名中学に入る頭もない僕は小学六年の時に、

「H中恐いらしいで。H中恐いらしいで」

と友達と言い合いながら入学した。

しかし、あまりもの酷さに今度の一年からは厳しく指導しようと先生が立ち上がり、入学当初から厳しい風紀検査というのが実施された。男子は眉毛、耳に少しでも髪がかかっていたら即丸刈り、後ろは刈り上げで、女子も肩に髪の毛がかからないようにしなければならなかった。クラスでも風紀委員が学級長の次に権力を持ち、先生と密接につながっていて、眼を光らせていた。風紀が乱れると、学校が悪くなる、先生は生徒に風紀とは何ぞやという教えを説き、学習活動の時間でもいじめの問題があるとみんなで話あい生徒の絆を深めようとした。

そしてクラブ活動は卓球部に入部した。小学五年からよく遊んでいた江川が卓球部に入部したから、僕もそいつと同じクラブに入りたかった。それまで卓球なんかやったことはない。江川がリトルリー

グに入った時は僕も入り野球に熱中したりした。休み時間のドッチボールでは、一番強くなりたかった。でも江川が中学に入ってそれまでやったことなかった卓球を始めたことも驚きだったが、僕もそれまで熱中していた野球を簡単に諦めて、やったことのないスポーツをやり始めたのが、自分でも不思議だった。なんといっても僕は小学校の時はスポーツ万能だと思っていた。学校選抜のソフトボールの市内大会で優勝するし、補欠だけど学校選抜の市内水泳大会に出場するし、マラソンは上位にいて、休み時間のドッチボールではとても活躍していた。そんな僕が卓球を急にやりはじめた。

卓球部に入ると地味にコンコン球を打っている。場所は体育館の二階で日差しが当らなく人目にもつかず、陰で黙々と素振りの練習から始まった。僕は元々自分で言うのは何だが【ストイック】な性格だった。自分で中心になって誰かを引っ張っていこうという気がなかった。それでも小学校の授業中は手を挙げて発表回数を競うクラスの雰囲気の中では、常に発表回数は上位につけ【元気な子】だったが、内心は本当に考えてることは誰にも言わない【ストイック】さを常に持ち合わせていた。野球で言えば阪神ファンだったが長嶋より王の方が絶対好きだった。

当時、僕を支配していたものは大きな者への憧れであり、テレビっ子だった僕はその当時から始まった「ザ・ベストテン」という歌謡番組で歌にも芸能界にも非常に興味を持っていた。学校でも人気者に対して憧れを持ち、でも自分は人気者にはなれないと思いながら、僕は誰とでも仲良くできるという自信はあった。でもマイナーな奴よりメジャーな奴と遊んだ。歌は当時のヒット曲をなるべく覚えるのに必死でメジャーな人ばかりに興味をもった。遷り変わるアイドルも当然チェックしていたが歌番組が多くあったあの当時、テレビの前にラジカセを置いて歌を録音していたが、なぜか尾崎紀世彦と松崎しげるの熱唱に自分の琴線が触れた。芸能界への興味はそのまま東京への興味と繋がり、自分の住んでいるところは田畑などの田園風景もない都会だと思っていたが、東京に行けば芸能人に会える、もっと大都会だと、テレビを通して大都会にも憧れた。新しいものにもアンテナを張っていた。つまり僕は【ミーハー】だったのだ。そんな【ミーハー】な自分がメジャーな野球を捨ててマイナーな卓球を選んで、卓球は暗い陰湿なスポーツだとわかるには半年もかからなかった。でも選んだ以上はしょうがないので、卓球と歌番組にハマった学校生活ではあった。そしてクラスではメジャーなサッカー部が十人以上いた。サッカー部は野球部と並ぶ花形スポーツであった。

そしてそのサッカー部の連中にいじめられたのが僕だった。教室で鞄を取り上げられ、

「ほーれ、加藤こっち、こっち」

と隣の男子トイレに投げ込まれる。

「返してくれや」

と走りまわる僕は、一年生きっての凄い奴の集まりといわれたクラスの雰囲気の中では、ただのおふざけ程度にしか映っていないようだった。しかし僕にとっては死活問題だった。

空が目に鈍く映り、深緑の肩掛け鞄の中身がずしりと重さを増し、三階の教室までが遠かった。校門を入ると三階の廊下の窓から「来たぞ」といじめる奴らがにたにた笑い僕を見ているような気がした。学校まで歩いて十五分くらいだが、校門を入ってから教室に向かうまで五分くらいかかるようで

「今日は何されるのだろう」という不安感で足が重かった。

　原因は僕をからかうと面白いから。いじめるのが楽しい時期であり、ちょっとどんくさい奴がいると恰好の的になるのである。筆箱を隠したり、消しゴムを隠したりしながら、いじめやすい奴をその反応で確認していき、こいつはいじめても大丈夫という奴を決めたら容赦なく集団でいじめていくのである。それは三学期に入ってから起こり始めた。そして僕はいじめられても怒らない性格の持ち主だった。なんでも許す人間だった。

　小学校でもいじめがあってその延長のいじめが中学でもあったのだが、中学になるといじめる奴らにはバックがついていて反撃ができないのだった。僕をいじめる奴ら四、五人は全員サッカー部だった。ヤンキーになる奴はだいたいサッカー部か野球部で他校の練習試合で喧嘩になったというのも噂で僕の耳まで入ってきた。だからいじめる奴らは三年にもなると立派なヤンキーになる予備軍で、血の気の多い連中だった。そして僕は暗い、存在感のないといわれた卓球部。クラブですでに負けていたのだ。だからいじめっ子のバックには市内一と恐れられる番長がいて、僕なんかとても太刀打ちできなかった。

「ちょっとこいや」

「何?」

　と呼び出されて（何されるんだろう。何?）とドキドキしながら狐目の腕っ節が強い体のどっしりした山石に呼び出された。こいつは中一から番長への有望株で、荒れるのを抑えるために先生が風紀委員に推薦した。隣の男子トイレの奥までいかされて自分の鞄を胸にあてろという。そのとおり胸の前にあてたらそのバック目がけてどついてくるのを僕が鞄越しに受ける。鞄の中には教科書やノートが入っているので、パンチのクッション替わりになるが、それでもパンチの重さは充分伝わってくる。パンチをそらすと体に当るので腹と胸を隠すように肩掛け鞄をしっかり持っている。

「あーすっきりした。加藤はストレス解消人間だな」

鞄をサンドバッグ化してすっきりさせたと笑いながら山石は言った。

このままでは三年間ずーっといじめられっぱなしでへらへら笑いながら「パシリ」の人生を歩まなければならなくなる。僕の中で、負ける自分【まー君】を自覚した時だった。【まー君】はうすっぺらい紙で僕の全身を覆い、粘着テープのように巻きついて、膜となって粘りついた。透明なその膜を僕は「巻き付かれちゃった」と笑って許すしかできなかった。毎日、何か不吉なことが起きても、僕は「やめてくれよ」と笑いながら、取り上げられた物を奪い返し、休み時間には山石にサンドバック化される。これでいいはずがない。なんとかしなければ、Ｍｙ　Ｒｅｖｏｌｕｔｉｏｎ。

担任の先生に毎日提出する学習ノートがあったので、僕はその備考欄に、

「とうとう、思いっきり不幸な人間になってしまいました」

と書いて提出した。そして、次の日のホームミーティングで藤林先生がこれを取り上げた。

コの字型に並びかえた教室の真ん中に立った藤林先生が、

「この頃、うちのクラスでいじめがあるようだが誰か知らないか」

クラスは静まりかえっていた。

「私が耳にするところいじめている者は複数いるようだが、自分から潔く立ってみろ」

髪の毛はふさふさだが、まだ三十代なのに白髪交じりの、理科を教えている藤林先生の大きな瞳がじろっとあたりを見回す。すると山石が、

「僕がやりました」

と観念したかのように立ち上がった。すると後の三、四人も続いて、

「加藤君の物をふざけてとりました」

と立ち上がっていくではないか。その立ち上がり方は肩を落として、犯罪で捕まった容疑者のようだった。薄暗い教室に西日が差し込んでいて、立っている人間の影を長くさせていた。

「お前らいじめられる子の気持ちがわかるのか。わかってやっているのか。こんなことはあってはいけないんだ。クラス一緒にうまくやっていくんだ……」

コの字型になったクラスの真ん中で藤林先生はクラスの団結を切々と唱えた。

「やりすぎたと思います。ごめんなさい。加藤君」

山石が僕に頭をさげて謝ってきた。他の連中も「やりすぎました」といって頭をさげた。

(ざまあ見ろ)と心の中でガッツポーズをとる。しかし仕返しがあるかもしれないと頭によぎったが藤林先生は、サッカー部の顧問の先生でもあるからそれは大丈夫だった。

二

中学二年になって担任はまた藤林先生になった。僕がいじめられないか心配だったのかも知れない。でも僕はもういじめられないと思える友達を見つけた。そいつは中肉中背の僕に比べてずんぐりむっくりで運動音痴で「エロメガネ」とよばれる奴だった。僕はこいつとは小学校時代から知っていた。僕が優越感を持てるやつと同じクラスになれたのだ。

「〜より〜ほうがよい」という相対観で見れば、僕はどうしてもエロメガネより僕の方が全体的にまし、と思う。エロメガネはエロメガネで、クラスにいた首を振りながら喋る男より全体的にましと思う。弱い者はさらに弱い者を叩く関係になっていった。そして、僕はいじめられなくなった。

けど所詮負け犬同士のばかし合いみたいなもので【まー君】の膜に覆われながら隅の方で生きていくしかないと思われた。そんな弱い僕に打ち克つように、音楽という趣味が目覚めた。テレビからラジカセに録音していたのをもっとよい音で録音したいと思う気持ちが強まり、オーディオに興味を持ち始めて日本橋の電気街を彷徨うようになった。

西宮から難波まで電車に乗って卓球部の同じ趣味を持つ仲間やエロメガネと行く。着くまでのなんなんタウンや電飾に飾られた街並は自分を興奮させるとともに、新しい何かをそこで発見する楽しみに満ち溢れていた。いい音をだせる機械というものは、歪みのないクオリティーの高い性能がついている。千分の一の歪みを修正する機能は自分の性格を正してくれるかのようで、高性能だと自分もそれを持つことで歪みが修正されると思った。クオリティーの高い音、突き抜ける瞬間を出させる機械を僕は求めた。

しかし、日本橋の電気街から今の最新の知識を持って店の中に入ると、急に楽しくなくなった。広い店内に入ると壁際に最新式のカセットデッキやプリメインアンプやFMチュウナーやプレイヤーが天井に届く所から床まで縦においてある。

「わー、すごい。これ欲しいな」

と思いながらある機械の前でボリュウムをつまんでいると、

「これはね、リバーシブルカセットになっていてメタルテープ対応なんですよ」

と急に四十歳くらいの白髪まじりの白いYシャツにネクタイの店員のおじさんがにこにこしながら声をかけてくる。その時僕は、

「あ、どうも」

といって前にあった機械のその場からすぐ逃げてしまうのである。この声をかけてくる瞬間こそ僕が初めて社会と繋がりを持つ瞬間であるのだが、【まー君】に支配されている内気で弱気な僕はこの機会をとても嫌った。どう対応すればわからないのだ。そしてまだ中学二年の世間を知らない僕に向かって商品の説明をする大人は、どうしても僕を騙してよい商品を売ろうとしているようにしか思えなかった。そして当時の僕はアンプを買うにしても全部のアンプから二つだけを絞り、最後の二つのどちらかを決めあぐねていつも悩む青年であった。だから自分の意志とは関係ないところで言葉巧み

に上手く買わされてしまうような恐怖心でいっぱいだった。自信のない負ける気しかしない【まー君】の膜が社会の中で働く百戦錬磨の大人達に対する猜疑心でより強くなり、騙されないぞという【猜疑】というバリアになって僕を覆った。うすい膜で覆われた体が、人をさえぎるテクニックを持つ事で体全体に鎧を着せる強いバリアになっていった。きっと、仕事で疲れてひとり部屋で閉じこもる父の後ろ姿に「社会って恐いところなのだ」と幼い時から感じていたから、それで【猜疑】がつくられた。

よい機材にはよい音楽をということで、週刊FMの音楽雑誌を毎週買いJAZZを聞くようになって、渡辺貞夫や日野皓正とともに、フュージョン系のネイティブ・サンというグループの「サバンナ、ホットライン」という曲に夢中になった。これから曲が始まるぞというギターのカッティングにあわせてプロローグからアルトサックスの高音が前半に入り、ピアノ演奏が入った後中盤の盛り上がりでまたアルトサックスの高音が入り、最後はギターでしめる。僕は白銀の雪を滑っていき、その勢いで天に向かってジャンプして前回りの空中回転できるようなイメージで、このアルトサックスの音色に痺れていた。それは負けてしまう自分を音楽が盛り上げてくれる強い味方を得た時であり、【まー君】という膜を突き破って自分に打ち克つ【かっちゃん】が目覚めた瞬間だった。

【かっちゃん】は能天気でありながら自分と闘うように迫った。今いる自分の部屋から、ニューヨークや東京に連れていってくれた。音の中に未来を感じる瞬間が、今の自分より新しい自分を想像させてくれた。アルトサックスが性的興奮を促していたなら、ドラムは僕の呼吸を変えてくれそうだった。ギターの音は歪んでいるので嫌いだった。【かっちゃん】は常に新しいものを僕に欲しさせて、僕に新しい曲を何度も何度もヘッドホーンで脳みそ垂れ流し状態で聴けと命令した。オーディオが充実してきたせいもあって「加藤は凄い音楽を聞いている」という評判にもなった。【かっちゃん】はとがった正三角形をしていて底辺が一定のリズムで振動して上へ上へと心全体を持ち上げるドラムのような働きをした。

この現状を打破しろと【かっちゃん】は勉強にも興味を持たせ、塾通いが始まった。しかし、その塾は羽茶目茶な奴が集まるグループとして形成されていった。クラスでも人気者が集まり、授業そっちのけで寝ていたり、家から携帯用のテレビを持ってきたり、六畳四畳半の文化住宅の部屋であぐらをかきながらの授業は、勉強よりも友達を増やした。先生を笑いものにする。もちろんエロメガネもいた。僕らの西宮市の高校受験は総合選抜といって、クラスの半分がお金のかからない公立高校にいけて後の半分は私立にいくという、全員が能力別の高校に進学する方法ではなかった。クラスの半分以上にいれば、公立に行けるので、塾でも通知表や学校の試験を元に、公立へ行けるだろうAクラス十名と、公立の受験ができないBクラス十名に分かれていったが、僕は秀才ではなかったものの初めからAクラスだった。学校の成績も顔やスタイルやスポーツまでも「中の上」の位置につけるように目ざした。強化合宿など旅館での勉強もしたが、はしゃぎ合いのおっかけっこをして遊んだだけに終わり、お互いに能力は並はずれて違っていなかった。でも塾通いは窒息しそうな家庭から解放されて楽しく遊べる別荘みたいな感じになって、ここでの友達が今でも続いている。

初めて女性にアタックしたのもこの頃であった。恋の噂はいつもクラスを賑わした。誰と誰がつきあっているとかの情報は【ミーハー】な僕を刺激した。自分も誰かとつきあいたいと淡い恋心をもったのは、小学校の時一緒だった木山さん。ちょっとつり目で頭のよい子だった。なぜ好きになったのかはもう覚えていないが、なんとなく前から好きだった。

でも絶対に誰かにばれたくなかった。密かに恋して密かにアタックする。それが一番いい方法だと思っていた。だから、ラブレターを書いて住んでいるマンションのポストに入れた。しかし返事は「好きな子他にいる」ということだった。別になんとも思わなかった。顔には自信なくて、目立ったかっこいい存在でもなかったので、「ああ、やっぱり振られた」と思って僕の淡い初恋は消えた。その頃私は授業中よく「寝る子」だった。「じじい」とか「おじいさん」とか言われ、しょぼくれていて目だっていなかった。学校内にはもう一人「加藤」という名の奴がいて、そいつは女からもてる「かっこいい方の加藤」で、私は男からもてる「かっこ悪い方の加藤」であった。漫画「タッチ」に出てくる和也と達也だったら間違いなく上杉達也だった。

三

中学三年になって夏ごろから、僕の中でまたＭｙ Ｒｅｖｏｌｕｔｉｏｎが起こった。

「加藤と同じマンションに面白い奴住んでんねん。一回会って見いひん」

同じ卓球部にいた奴はそいつと同じクラスになった。同じマンションにいる奴の名は東川裕二。この前、富田林からうちの学校に転校してきた。そいつはなんでもヤンキーだそうで、卓球部の奴はそういう奴にちょっと憧れをもっていたのだった。僕の教室は本館の六組でそいつらは新館の三組だったので三組の状況はわからなかったが、学校全体は中学一年の時からの風紀が行き届いていて、髪の毛が検査でひっかかった者は即丸刈り。中一の時番長格の有望株であった山石も中三になるとただ体格のごついだけの坊ちゃん刈りになっていて、市内で一番悪い学校が良い学校に変っていた。そんな中でヤンキーが一人転校してきた。それは丁度テレビ放映されていた「三年B組金八先生」の中で荒谷二中から転校してきた「加藤優」と同じ状態であった。学校の中に異物が入り込んで、嵐が吹き荒れるのか。当時の僕はクラスでちょっと悪ぶってた奴とはあまり関係のない所にいたので、会うまでにちょっと違和感があった。

阪神高速と夙川が十字になって交わった東南に位置するコの字型の僕のマンションは、昭和四十三年にできた当時は最高級マンションだった。だから金持ちが沢山住んでいた。

東川は僕と同じ一人っ子で、お父さんは大手カメラメーカーの社員だった。そして、僕の部屋の真上に住んでいた。

「僕、君の真下の階に住んでるねん」

「そう、これからまた遊ぼうや」

そういって東川と友達付き合いが始まった。転校して間もない東川の寂しがりやという性格も付け加わって、僕を自分の部屋に招いてよくしゃべった。緑色の絨毯、僕らの年では早すぎると思っていたベッドと灰皿とポマードーなどの男性化粧品。オーディオ好きの僕が注目した白色のカセット付きプレイヤー。そして売り出したばかりのウォークマン。

そう、東川は確かに紫色のヤンキーが好みそうな服を着ていて、僕は敬遠しそうになっていたが、音楽だけは最先端の僕の知らない音を知っていた。僕はそこに惹かれ出した。一九八〇年は松田聖子や田原俊彦がテレビを賑わしていたが、アンダーグランドではパンクという音楽形態が絶頂を迎え、そのパンクを東川は知っていた。そしてその音楽は僕の【かっちゃん】をさらに過激に興奮させる音になっていった。特にアナーキーと言うパンクバンドの逸見というギターリストの眼にかっこよさを感じた。退廃的なムードを漂わせながら、こちらを睨みつけるいかつい眼光の先には、世間に反抗しながら決して負けない深い眼差しがあるように思えた。何かを持っている目つきに憧れた。

そして、工作技術の授業で作ったインターホンを僕と東川の階で繋ぎ合わせたのをきっかけに、東川はそのインターホンで僕にしゃべりかけ始め、二人の関係は密になっていった。ヤンキー用語連発の会話がインターホンから聞こえてきて、次第に僕もヤンキー用語に慣れてしまい、僕の部屋にはボンタンのズボンのチラシがあった。

東川は夜と朝との間のような紫の中性色を帯びた雰囲気をかもしだしながら学校に通っていたが、その学校も休むようになった。三組の担任の先生が毎日学校に来いと自宅まで押しかけてくるが、一向に相手にせず、昼間は街で一人ぶらつくようになっていた。ある晩、東川のお父さんがビール瓶で東川を殴ろうとしている場面にでくわした。お母さんが止めに入り事なきをえたが、お母さんに、

「加藤君は公立高校いけていいね」

と真顔でいわれた時、（東川は別に悪い奴じゃないけどなぁ）と心のなかで呟いた。

しかし、その紫色にはカリスマ性があり、東川の家には僕が知らなかったちょっとヤンキーに憧れる者たちが出入りするようになって、どこか別の中学の一つ下の彼女もでき、不良の溜まり場となっていった。当然、友達で一階下の僕は何かと呼ばれて、溜まり場へと足を運ぶようになり、

「寺ヤン、昨日、学校の二階から飛び降りたそうやで」

「凄いな、よう根性あるわ」

「Z中にI中が殴りこみにいったらしいで」

「ああ、その話知ってる、関連に入るって」

「関連は凄いからな」

「寺ヤン」とはI中学の番長で、市内で喧嘩が一番強いと言われていた男。「関連」とは関西連合革命という関西で一番勢力のあった暴走族。ヤンキーの会話のなかに超人伝説がくりひろげられ、その話にみんな熱くなった。凄い者＝強い者の話は自分達がまだ見ぬ世界であり、それは当時では最先端でかっこいいことだった。ただ、自分達の学校は自分らの代から急に弱くなったので、伝説的な話は他校の話になり、I地域を歩くには怖々と下を向いて歩かないと、メンチきられて喧嘩を吹っかけられてしまうのであった。ある晩僕の家で不良グループと化したメンバーが集まってきてシャンパンを開けて楽しく飲み会をすることとなった。中学三年でシャンパンは早かったが早く大人になりたかっ

た。横浜銀蝿の音楽がかかる中、僕はそのシャンパンの栓をあける。

「ぱーん」

という音とともに僕の中で、自分を克服しようとする【かっちゃん】から、その先に目指す超人へのこだわりを持つ【超さん】が目覚めた。【超さん】は、凄いことをやってのける同年代の人を素直に尊敬してしまう超人崇拝者であった。【かっちゃん】の三角形のその先にある、何かを終えた後に浮かび上がるぼやけた真っ白なものを【超さん】は離さなかった。その超人がヤンキーになってしまったのは、東川らとの会話で凄いことをやってしまうヤンキーの話ばかり聞いて、想像を越えた人間はヤンキーだと感じてしまったのだった。それまでの【ストイック】な自分からハメを外した人間になれるのは自分でもびっくりしたが、超人の話は僕の胸を躍らせた。

東川と遊ぶようになって色々な音楽とも出会った。西宮なんかまだ「へたれ」で、もっと凄い奴がいる尼崎の園田にローラースケート場があった。紫色のカリスマ性を帯びた東川は学校を休みそのスケート場に通うようになった。そして僕も行くようになったのだが、アイススケート場みたいに楕円形をしたコースがあり、その真ん中では当時流行っていた外国のＤＩＳＣＯが流れていて輪の中で僕らと同じ年代のシティボーイがローラースケートで踊っていた。それは僕が今まで、オーディオのヘッドホーンだけで聞いていた音楽とは違い、体を動かすさずにいられない空間によって体に浸透していく音楽だった。僕は籠もって音楽を聞いているより、体感して音楽を楽しんでいく喜びを知ったのだった。今までやっていた卓球よりも、スケート場をオレンジ色の花柄や真っ白なズボンをはいて駆け回るのは、体の底から楽しさが溢れだすようだった。当時流行っていたノーランズやシーナ・イーストンの曲にあわせてアロハシャツのヒラヒラ舞うスピード感の中で僕もヒラヒラ舞っていた。風になったようにローラースケートで滑った。三年間やっていた卓球より十回くらいしか行かなかったそのスケート場のほうが楽しかった。僕が持っていた【ミーハー】な気分は最高潮に達していた。そしてトレーナーが流行っていた時期、格好もだんだん派手になっていく方向に僕の【超さん】が触発されていった。

それはある時、いつものクラブの帰り道で卓球部の江川ら友達と帰っている時、

(こいつらより俺は面白い事やっている)

と胸のなかでつぶやいた時に感じた、物事を裏の面から見る【毒】の誕生を意味していた。裏に生きるどろどろとした人間の陰の部分をヤンキーになって知ってから、表の社会が見えてくるのだった。その陰の部分をわざとつくりだすために、翳りのある瞳をつくって僕らは暴走族のいかつい顔の写真を真似た。うんこ座りといって腰を落として斜めから見上げるすわり方の方が、だらしない僕にとって楽な姿勢と思いこんだ。何事にも腰がひかない根性のすわった奴と思われる姿勢だと感じた。その格好で、前にあるものを見れば、いままで真正面しかみえなかったものが裏から斜めからと違った角度で見れる気がした。おもしろい事と危ない事と変な事の区別がさっぱりわからない十五歳だった。

クラブの帰り道で江川のグループと東川のグループのどっちと遊ぶか。そして東川のグループと遊ぶことに決めたのだった。それは「まじめ」と「ヤンキー」の境い目にいたのを「僕はヤンキーにな

る」と決意した瞬間だった。これから僕は江川たち優等生で大学へも行けるコースからはずれ、男らしさを突き詰めていくヤンキーの裏街道を歩く。「偉い人」と「凄い人」とどちらになるかで僕は「凄い人」になりたかったのかもしれない。しかし、江川と居ては決してローラースケートやパンクな音楽には出会わなかっただろう。それは、大人社会に対して恐さを感じて生まれた【猜疑】だけじゃなく、【毒】という裏からの見方を武器に持って対抗していたということかもしれない。

卒業する頃には、中一から生え抜きでヤンキーになっていたグループとは別に、東川を中心とする、ヤンキーに憧れを持つ中途半端なヤンキーグループ五、六人の一員に属していた。それは、部活などで先輩に可愛がられた奴ではなく、学校に逆らい、先生から生徒指導を受けるという奴でもなく、中途から転校してきたヤンキーが中心となって、誰も知らない陰で悪ぶって見せるのが好きなだけのグループであった。

そう、卒業する前に、僕と東川とで別々の女子にアタックしようと盛り上った。東川は他の中学の女番長とつきあうなど女関係は羽茶目茶だった。そんな東川に憧れていたものの、自分はあんなことできないとも思っていたが、女の話で盛り上がり、

「俺、あの子にアタックするから、加藤、好きな子にアタックしろよ」

とか乗せられて、じゃあアタックするわ、ということでアタックしたのは、僕のオナペットとなって日夜想像をかき立てる豊満な肉体を持つ、一、二年生で同じクラスだった霧島さんだった。東川ができるＳＥＸをその子とならできるかと思ったのかもしれない。僕みたいに中三になってヤンキーに

なりかけていた霧島さんは東川がアッタクする子と同じクラスだった。しかし、二人とも電話でアッタクした結果は東川の方はＯＫで僕は駄目だった。やっぱり僕は東川みたいにパンクでかっこよい男にはなれないんだと惨めな気持ちで卒業を迎えた。

しかし、東川が料理専門学校に僕の勧めで進学した時、なんと我がマンションで東川の家が不良の溜まり場になって近所迷惑をしていると問題になり、東川は追い出されるように神戸の須磨に転居させられた。そして、いじめられっこからヤンキーになる僕の中学時代は終わった。

四

西宮の甲子園浜の向かい側にある、まだできて五年目の新築の匂いすらするＩ公立高校に入ったまではよかった。しかし、僕は始めから中ランというヤンキーが着る学生服を着て練り歩くように高校に行った。別に普通の学生服でもよかったのかといえば、やはり生地が違う。裏に龍の刺繍が入っているその学生服の生地は僕の【猜疑】のバリアにとってとても心地よい厚みだったのだ。そして当初こう騒がれた。

「あいつだれや、どこの中学や」

「加藤？　Ｈ中」

「加藤が変った」「加藤がヤンキーになった」とすぐに評判になった。東川グループに属していたうち、公立に行けたのは二人だけだった。でそのもう一人は、身長が一八〇以上あり、ウエイトトレーニング好きだったが、自分でいかつさを求めるようになり、高校になって化けた白井だった。二人とも中学では大人しかったのに、高校に入ってからヤンキーになり始めた。二人は目鼻立ちがはっきりしていて、鋭い眼光を光らせるには適度によい顔だちだった。

そして、その僕の噂を嗅ぎまわっていた奴とは、I中出身で寺ヤンとも近い存在だった石山だった。H中とI中が半々に入学してくる高校で、縄張りを争い、どちらが政権を握るか、負けることはヤンキーにとって活躍できる場を失う死活問題だった。そのI中代表が石山であり、H中代表に僕が踊り出てしまった。そして決着をつける場面は入学二週間目でやってきた。

僕ら三人で下校するために緑色の自転車を漕いでいたら、門の前で自分のクラスの味方をつけた石山軍団十名ほどがこっちにメンチをきってくるのがわかった。その中にはH中出身者もいたが、I中勢で固められて、（ああ、喧嘩始まるな。どうでもなれ）と、まだ喧嘩はしたことがなかったが内心そう確信できるくらいで、ストップモーションのように僕らは石山のいる軍団の前を自転車で横切ろうとしていた。何気なく閃光きらめく風が吹く。

「ちょっと待てや」

軍団の前でその長がひとりくらい生意気な奴をしばいておかないと後にしめしがつかない。もしくは「今日、加藤やるから見とけ」と帰り際に言っていたのか、当然の如く石山が言葉をかけてきた。それにしても驚いたのは、僕と一緒に帰っていた二人が殺気を感じて「じゃ」と言って帰ってしまったことであった。

「何か用？」

わざと（うるせぇな）と言わんばかりに切り返し、内心（どこで、喧嘩始めるのだろう）とどきどきしていた。しかし、

「なあ、仲良くやろうぜ。友達にならへんか」

と石山は何と握手を求めてきた。

「ああ、別にいいけど」

僕も（喧嘩しないんだったら、その方がいいな）と思って握手した。

結局、仲間を増やすことで石山は勢力を伸ばしていきたかったのだと思った。それでその瞬間は終わったがまさに一触即発の瞬間は眩しく僕の記憶に残った。

それから、僕は垢抜けていった。僕のクラスではひとりだけヤンキーだったが、普通の学生服を着た連中は小さくしょんぼりして見えた。エネルギーが違うというか、ほとばしるいかついオーラが違うというか、クラスの中では超浮いた存在になり、笑わせる面白い奴を話しながら自分のヤンキーの世界にとりこもうとするが、そいつはヤンキーには近寄らず、びびっていると話して一線画していた。

みんな僕の何かにびびっていた。そんな僕には中学時代に隠しながら形成されなかったナルシストである【ナル】が芽生え始めた。それにクラスの一部の女子と他のクラスのちょっと悪ぶった子が好きという女子にはもてだして、余計に【ナル】が形成されるのを増進させた。

しかし、その女の視線を、中学時代には経験しなかった雄を見る本能的な視線として強烈に感じ始

めた。ヤンキーになって、目つきを気にするようになって、相手の目つきで何が言いたいのか感覚でわかりはじめた時期に、友達として気軽にしゃべっていた中学時代の女子から味わったことがない、男を漁る目をした女がいるということを高校になって体験した。その代表が山城さんと細江さんであり、彼女らの話題は二人とも彼氏がいるのに男のことしかなかったように当時の僕は感じ、みんなと一線を画している僕になれなれしく、いや図々しくでもあるかのような目線で僕を授業中見続けていた。山城さんが「加藤君を好きな子いるで」と「えへっ」と話かけてきた時もあった。しかし、彼氏いるのに何でだろうと渦巻く疑問があって、やがて細江さんが彼氏と別れた後、僕の席に座り僕の方をじっと見つめながら山城さんと話していたあの視線があった。あの男を漁るような視線が僕に向けられたことで、僕は女に騙されないぞと心に誓った時、僕の【猜疑】のバリアが大人に向かっていたのを女に向かわせる結果になり、女性恐怖症とも思われる心理状態が高一の夏に確立し、硬派な男になるための【硬】が生まれた。【ストイック】な自分が気軽に女としゃべることを拒絶させたのかもしれない。それで二十三歳になるまで気軽に女性としゃべれなくなった。基本的に僕はまだ卒業前にアタックした霧島さんが一番好きであった。でも山城さんや細江さんや他のクラスの子などの蒼いような視線が気になりだして、複雑になってしまった女性関係のくもの糸にまきつかれたようになって身動きができなく一人その糸にもがき苦しんでいた。

でも僕の中で【硬】は確実に進歩をとげようとしていた。それは【かっちゃん】がもっと強くなれもっといかつくなれと命じたからかも知れない。あるいは【超さん】が「お前は誰もまだ見ぬ世界に進むのだ」と超人への願望を僕に命じたのかもしれない。とにかく強くなりたかった。そんな訳で僕が目指した超人とはブルース・リーであった。だから拳法の道場に白井と行く事にした。超人になるためにヤンキーになってもっと強くなるために。そして自分を愛するために。しかし格闘技を愛する僕の凶暴なまでの情熱からか、手のひらは昔から親指の付け根がもりあがり普通の人の握り拳と違う違和感があった。そんな物事を正確に把握できない手のひらをしていた為か、どこからくるのかしらないが昔から「適当」が好きで邪魔くさいのが嫌いな為か「加藤＝がさつな奴」といわれていた。

五

僕は高校二年になってあることを決めた。それは、一年の時経験した女の視線を避けるためだった。【自閉】になることを決めた。今でこそ自分の勘違いだけだったのかと思う時もあるが、H中代表のヤンキーになってしまった僕はとにかく目立っていた。一年の半分で学年全員が名前を知っているくらい、僕と白井のヤンキーのカッコは、石山軍団事件以来、際立ってみんなにビビられ、クラスでも面白いヤンキーだった。

しかし、ビビられるのはいいのだがそれによって気軽に声をかけてくる奴もいなく、一戦を画した友達関係がくりひろげられた。そのことにより、女は声をかけてくる者もおらず、かといって僕の授業中笑わすギャグを素直に笑ったりしていた。どうみても、僕を男として意識している山城さんや細江さんのグループの子達は、ときめくままに、僕に話しかけてはこなかった。女を見るとじれったいようなじめじめした感覚に包まれていった。恋愛話が盛んになり、中学時代の友達感覚の距離の取り方がわからなく、じめじめしていた。僕のギャクは笑ってくれるのに、女のいうギャクは全くつまらないものとして映った。腹抱えて笑えるような、僕が面白いと思う女は一人もいないのでしゃべっても面白くないと思った。それだけ自分のギャグに自信過剰になっていて、女は僕の話しを笑うだけで笑わしてくれない者だと思った。僕のボケ話は計算されていて、女の間抜け話の筋はあらかじめわかる気がした。だんだん距離が遠のき、女がする話題はわけがわからぬものと思い込んだ。すると女の着ていた冬服のセーラー服が黒い中世ヨーロッパの鎧を着けている錯覚に陥った。

「私達を笑わして」という願いとときめきを僕に熱い視線で送るが、決して近寄ろうとせず、遠めから笑っているかのような距離間に悩まされ続けた。また熱い視線や男を漁る視線を感じていたにもかかわらず、結局だれも僕の【硬】の壁を打ち破って告白してきた女もおらず、そのうじうじした感情に悩まされ続けた。僕の体はその悩みに硬直しはじめ、

(近寄ってくるな、笑うだけ笑って逃げてしまう女め)

と鎧に対抗するかのように、【硬】を強くして誰にも頼らないで一人生きていく硬派への道をまっしぐらに進もうとした。そして決意した。

二年になったら、目立たなく大人しくギャグも言わないようにしよう。

そうすることで、何かとときめいて見られていた視線を感じず、うじうじした女の感情を感じることもないごじゃごじゃした世界から抜け出せると思った。とにかく一年の時は思春期とはいえ、喧嘩

や恋や笑い話が複雑に絡み合い過ぎて静かな時間を僕は必要とした。

きっとそういう友達関係や女性関係やクラスの関係の複雑さで極限まで悩み、一歩間違えば、壊れてしまう寸前のところまで追い詰められるぎりぎりの限界だったのだと思う。すんなり事が運ぶ世界を僕は夢見るために、クラスでも誰とも友達にならないように心がけた。そしてそのクラスも、ヤンキーみたいなカッコだけで僕みたいな拳法まで習いに行く強さをもった者がおらず、そんな見掛け倒しと友達にはなりたくないと我を張った。

それは【まー君】という薄い膜ができはじめたのを、大人へのバリアをつくった【猜疑】そのバリアを今度は女性に向けた【硬】そんなバリアの中で生きていこうとする流れだった。そして二年になってそのバリアを今度はクラス全員に向けた。それは【自閉】とよばれる殻に籠もった人間ができてしまった事を意味していた。人気者に憧れつつもその人気者に高一の時なれたような気がしたが、人気者の持つ孤独な部分を初めてわかり、これではクラスの中で浮いてしまっている、目立っても目立たなくても同じ孤独があることを知った。それならこのクラスでは複雑な関係に悩まない目立たない【自閉】を目指そうと思った。クラスの中心的な人間とも話さない。自分は面白い人間とも思われないためにも誰とも話さない。今までの他のクラスの友達とは話すが、このクラスでは友達はつくらない。そうすることで複雑な悩みから解放され、静かな学校生活を送れるような気がしていた。

そんな静かな日々を送ろうと決意していたのに、一人の女を僕は眺めていた。

その女の名は東出さんといい、高一の時授業の一環でバトミントンがありその時、同じコートでバトミントンをやった、違う階のクラスにいた女だった。その時世間のことを何も知らないおぼこさが残るかわいい子だなと思っていたら、高二になって隣の七組になった。彼女は休み時間になると友達を連れて、教室の外のロッカーのある廊下で、二人中庭を眺める時間があり、僕はそれを自分の教室から眺めていた。

「かわいいな。アタックしちゃおうかな」

当時大人しくしながらも、他のクラス二人、自分のクラス二人と、告白されていなかったから勘違いかもしれないが、熱い視線を感じていたので【ナル】は完全な者として自信に満ち溢れていた。そしてこのじれったい、じめじめとした纏わりつく感覚を早くぬぐいさりたい気持ちが強かった。そのために大人しくしてそして、切り札は彼女をつくることしか方法はないように思った。彼女をつくれば彼女とは普通にしゃべれるし、女のことは気にしなくなるのではないかと思っていた。もう鎧に見えたセーラー服も彼女と話すことにより偏見も恐怖もなくなってしまえると思った。だからヤンキーにはヤンキータイプの子をというよりか、どこにでもいそうな一見おとなしそうな女のほうが平和的でごちゃごちゃしていなさそうでよかった。そんなことを思いながら東出さんを眺めていた。

そして運命の一九八二年五月二十九日を迎えた。

学校は土曜日で授業があったが、その日は休むことにした。東出さんにアタックする緊張感を高めるため、家で一番好きな山下達郎の「ラブランド　アイランド」を聞きまくっていた。

そして昼頃、東出さんの家に電話した。

「あのー加藤という者ですけど」

いつも電話では下手にでる。

「知らない」

全く聞き覚えのない声だった。

「隣のクラスの六組にいるんですけど」

「知らないけど、何か」

「僕とつきあってください」

いきなり核心にせまる。

「エー。そんなこといわれても、知らないし。誰かと間違ってるんじゃない」

あわてて、意味が呑み込めない。

「いつも七組の前の廊下のロッカーのところにいるだろ」

(あれ、違ったかな) と本気で自分を疑ってみた。

「いるわよ、でも隣の子と間違ってるんじゃない」

彼女もまだ半信半疑でいた。

「いや、僕もあまり確かなこと知らないけど、赤い自転車乗っているでしょ」

「乗ってるわよ。でも私告白されたこと今まで一度もないし」

初めての男性からの告白に驚いていた。

「じゃあ、顔だけでもわかってよ」

予想外の展開だが、会ってはくれるだろうと気軽に話しかける。

「じゃあ、明日会うことで。会って話せば誰かはわかるよ。日曜だからいいやん」

「明日は用事があって無理」

「じゃあ月曜日に会って話すということで」

「いいわ、月曜日の五時にジャスコの前にある花屋さんの前まで来て」

「わかった」

そんな忘れられない内容だった。僕は確信した。自分に自信があっただけに、顔みて話したら僕のしゃべりで相手は知らなくても、好感を持ってくれると。やっと彼女ができたと思った。月曜日くるのを楽しみにしながら、その日の二時頃、麻雀をしにアミーゴのママさんの家に行った。勿論今日アタックしたことは誰にも話さないでおくつもりだった。

するど、同じ卓を囲んでいた同級生の下田がとんでもない事を言い出した。

「ママさん。妊娠した子がおんねんけど」

妊娠といえば中絶することを意味していて、保証人を立てないと中絶はできない。親にばれたら勘当されるので、その前に止めなければいけなくなり、その保証人としてママさんに相談を持ちかけたということだ。僕は、

「石山か？」

と尋ねたら、

「貴のほう」

と下田が答えた。貴といえば相手の女は山城さんだ。山城さんが妊娠。（まさかあのミッキーマウス好きの山城が妊娠したなんて）想像できなかった。

「初めてやった時、コンドームから漏れててんて。それで生理がなくて……」

ドキッとした。あの山城さんのSEXシーンが僕には想像できなかった。ショックもショック。僕が東出さんに振られているよりもショックだった。でも、僕は東出さんと月曜日会ってつきあえるかもしれないから、彼女に相談してみようと思ってその場を冷静に何もないような態度で終えた。

しかし、ショックは尾を引き、ちょうど友達から借りて録音したての大滝詠一の「A LONG VACATION」のテープを聞いていた時、その中の一曲「恋するカレン」の歌にまるで何者かに永遠に解けないキラキラ言葉の魔法をかけられたかのような衝撃が走った。僕は山城さんが妊娠していることが東出さんのアッタクよりショックであった。これは何を意味するのかといえば、僕が高一の時の、あのうじうじした山城さんへのときめきは、山城さんを僕が意識しすぎていたということだ。その奥にあるのは山城さんを僕が好きだったということだ。これは否定しても、否定できない何かに響いた。好きだとやっとわかってそれが振られた僕の苦しみ、でもそれ以上に山城さんは妊娠、そして中絶の問題を抱えて今苦しんでいる。なんて哀しい運命の女なんだろう。僕より山城さんの方が哀しい。その言葉の意味が僕の琴線に響いた。そして、その曲を聴きながら僕は布団で一人泣いた。何

度もリピートされる、

「そうさ哀しい女だね、君は」

その調べの中から、生まれて初めての切実な衝動を持つことで、もう一人の自分である【加藤勝信】と呼ぶべき【止められない自分】が生まれた。こんなにショックを受けたこともなくそれによって、「なんとか手助けをしてあげないと」

と切実に僕を動かす新しい原動力が僕の胸の奥のほうから溢れ出してくる初めてのものであった。それはどうにもとまらない一粒の涙がそうさせたのかもしれない。

そして月曜日がきて、帰り際の放課後、靴入れのロッカールームで彼女の友達の大木さんに手紙を渡された。内容は、
あなたのこと知らないので、つきあうことはできません。いい思い出でいましょう。だった。会って話せば、好意を持ってもらえると思ったのに。それで山城さんのことを話して二人で解決策を考えようと思っていたのに。僕の人生の計算が狂い始めた。

そして僕は歌を聞くようになった。曲のリズムだけを聴いていた僕のアンテナは、恋心を切なく歌う歌詞の意味が「そうさ哀しい女だね君は」というフレーズとともに実感できるように感じはじめた。音楽はリズムだけではなくその歌詞があって始めて成立するものだということに気づいた。山下久美子が歌う「抱きしめてオンリーユー」。

僕は歌詞にこめられた切なさや狂おしいまでの調べに自分を託していた。そう、【加藤勝信】は東

出さんとつきあうために生まれてきたのだという夢が明確になった。そして、

「君が生きてて本当によかった」

妊娠騒動があって、東出さんの存在が僕にとってかけがえのない大切な人だと感じてしまった。僕が何を求めていたのか、僕の夢はなんだったのかはっきりした。

そして二週間後にもう一度アタックした。

「僕、加藤やけど」

「何？」

今度は顔はわかったという感じで応対してくれた。

「もう一度言うけどつきあってくれない」

今度は前と違って真剣な悩みだった。

「そんなこと言われても、私知らないから」

彼女はまた断った。

「そこをなんとか」

今妊娠騒動のことはいえない。つきあって話すようになってから話そうと決めていた。

「じゃ、友達ならいいけど」

彼女は名案が浮かんだかのように言った。

「いや、僕そういうの苦手だから……」

廊下ですれ違いざまに言葉を交わすなんて今の僕にはできなかった。

「じゃあ駄目ね」

「さようなら」

そして振られた。

結局山城さんの妊娠は想像妊娠とわかり事なきを得た。しかし、僕の心の中は雨でいっぱいだった。中二中三と中学時代も二度本命に振られた。結局、もてていても本命には振られる運命なんだと僕の中で【まー君】はまだ生き続けてたのだと思った。しかし中学時代より、心の中の波が激しく揺れ動き、大粒の二千トンの雨が激しく落ちてきた。もうどうしようも解決策もなにもなかった。ただ忘れるしかなかった。

二度振られ、妊娠騒動のショックと、三回の初めての挫折を知った。それはかけがえのない夢として生まれた【加藤勝信】が生まれただけに傷つく深さも大きかった。それは何でも飲み込んでしまうようなブラックホールを作りその穴を上から覗きこんでいるような誰にも埋めつくせない穴だった。その挫折からできた穴は【悪】そのものだった。

その穴を埋めるべく僕はタバコを吸いだした。心の内のもやもやしたものを吐き出して、今の空気を変えるため【かっちゃん】が命じていた。しかし【加藤勝信】は東出さんとの唯一の結びつきである電話での会話を頭から離れなくした。それは反芻して何回もこだまとなって僕の内から溢れ出してきた。その言葉を眺めるように布団の中でタバコをふかした。【毒】がその言葉に裏側にあるニュアンスを探して、少しでも希望が持てるように理解しようとした。しかし、それは絶望としか言いようがなかった。絶望は人を死にいたらしめる病だとキルケゴールはいったが、自分はこの世の中で一番不幸だと思った。悲劇のヒーローになってやるんだ。そのためにはこの恋愛をいつか小説にしてやると思った。けど「～より～ほうがまし」で餓死や難民よりかましだと思い自分を慰めていた。ただ、目の前の景色がどんより曇りがかって見えた。

長い夏休みの僅かな希望。細江さんが僕のことを好きなのかもしれないとの錯覚に陥る場面があった。そして夏休みが終わってまだ僕のこと好きだったら、今の状況を全部告白してしまおうと思った。そして長くて欲望の黒い塊の夏休みが終わり、学校に行ってみると細江さんも、他の僕を好きになった女も全員、僕への関心を全く示さない、誰も相手にされない存在になってまた挫折感を味わった。挫折・挫折の繰り返しでぽっかり空いた【悪】の穴は大きくなるばかりで僕はその挫折した数を指で数えるしかなかった。東出さんに振られた二回の挫折、山城さんの妊娠騒動の挫折と細江さんの無関心による挫折。

「五回か。三か月で五回も挫折した」

と指で数えながらだんだん【悪】の穴が大きくなってくる。だから僕はこの時いい人になりたかった。自分でもなんだか悪いことしていないのに罰ばかり受ける。無実を訴える監獄で拷問を受けている囚人だった。だからこのなんの罪になっているのかわかないけど、受ける罰を軽減するためにも僕はいい人になりたかった。いや自分の事を好きな【ナル】がこの【悪】の挫折の中で萎えてくるのを阻止するために、自分をいい人だと思わせたかった。そのためには人が喜ぶ事、人に誉められる事をしたいと頭のなかで考えるようになった。しかしもはや【自閉】になってしまった自分では数人の友達以外しゃべれなくなっていたので、クラスや東出さんに対してもそのなす術がなかった。

暗く深いトンネルの出口を探していた。今しかわからないこの激しい鼓動をだれにも打ち明ける術をなくしていた。その出口を見つけるきっかけは。僕が妊娠したことを知って激しいショックを受けたことを山城さんに話したら、その僕の悲しみに同情して彼女が泣いてくれることで浄化される、そんな夢が芽生えていた。そして僕の気持ちを伝えるべく、十一月三日、彼女の悲しみを洗い流してくれる海へと誘った。

「私、貴に悪いから」

と断りそうになったが、僕たちの関係はそんなにもろいものだったのかという熱い想いで彼女を誘ったら彼女は来てくれることとなった。

まだ十七歳というのに大人の恋に憧れ、「カサブランカ」のハンフリー・ボガードを気取って映画の恋を演じたかった。僕は僕の言葉で誘われ泣き虫な彼女が泣いてくれるセリフを用意し、黒のセーターに紺のスラックスできめて浜辺で彼女が来るのを待った。

いつも夙川沿いを走り終えた僕を優しく包んでくれた波光きらめく蒼い海は、いつもの夜とは違い薄紫の空の色に海の蒼さが重なり合った。そこに鰯雲がたなびき、北側のマンションから漏れる暖かい家庭の灯が芝生の緑を照らし出していた。その灯を浴びながら、大好きなミッキーマウスの顔が一面にあるピンクのトレーナーを着て、ためらいながら彼女は現われた。

しかし、ポメラニアンの子犬のような彼女の顔には、これからどんな夜が、これからどんな話が待っているのかわからないが、とにかく笑ってこの場を済ましてしまおうという作り笑いの「エヘへ」が待っていた。

「こんばんは、ひさしぶり」

この浜辺を女と歩くのは初めてだった。いつも響く夜のサイレンも、車のクラクションも微かに聞こえる程度で、照らし出される芝生の上を僕が先に行き、彼女が三歩遅れて無言のまま歩いた。芝生の上に何年も置き去りにされたかのように、眠ったままになっている背をひるがえした白い手こぎボートの船腹。その上に僕達は腰を下ろした。作り笑顔で自分の戸惑いを隠そうと、明るく振舞いながら僕に彼女は話しかけてきた。

「話って何」

次の一言のセリフで彼女が泣いてくれたら、彼女からもたされた心の深い傷に侵食されて広がったブラックホールの底なしの闇、その僕の心に七色の虹となってひろがり変色するんだという熱い思いを込めて、出た言葉は、たった一行足らずだった。

「お前の妊娠のことだけど。僕、お前が妊娠したって聞いて顔青ざめたで」

言い終えながら彼女の顔をじっと見る。彼女はこの一言で僕の心の傷を分かってもらえただろう。これで同情して泣いて……。二人の夜は始まるんだ。

「ああ、妊娠の事なの」

彼女は「エヘへ」とニコニコしているぞといわんばかりの作り笑顔だった。そしてその笑顔を何も変えないままボートに乗っかっている足をつんとのばした。

（ああ、分かり合えない）

その瞬間に僕はそう思った。そして別の話をしてみた。

「お前が妊娠したって下田から聞いた時麻雀しててん。僕が下田とか白井とかのママさんのグループにいたのをお前が知っていたんなら、僕が妊娠のこと知っていると思ってなかった」

「いや、そんなこと思ってなかった」

「じゃ、石山の女の陽子がこないだ本当に妊娠したっていって、ママさんに相談して中絶の保証人になってもらったろ。もう子供の形までできていて、そのカンパ金まで僕にまわってきたんだぞ」

「あの二人は結婚するんじゃない。でも陽子の話は加藤君知ってると思った」

まだ十七歳だというのに、結婚の文字が見える陽子のカップルを山城さんは羨ましく思っていた。そして結婚という言葉に今つきあっている彼氏とそうなりたいという想いを乗せながら彼女は遠く浜辺が広がる闇を見つめていた。一方の僕は、

（なぜだ、なぜ陽子の話は知っていて、自分の話は知らないと思ったんだ。自分が蒔いた種は僕をどれほど苦しめたのか、そのことをこの半年間一度も想像しなかったのか）

話がずれてしまう。そうおもいかけた頃、たなびく鰯雲に隠されていた三日月が恥ずかしそうに姿

を現わした。薄紫の空に黄色い月光が輝きだした時、いつまでもお前とキスしていたいのに、という欲望が達成できる決めセリフを投げかけた。

「ママさん、お前が相談だけでお礼言わないって怒ってた。その時『山城はそんなに悪い奴じゃないから、ええ奴やから。ええ奴やから』て言って僕がママさんにお前の許しを請うてでたんや」

その言葉を聴いて山城さんは深く首をうなだれて、じっと何かを考えている様子で暫く沈黙が続いた。

「私ママさんに謝ろうと思って作ってん」

彼女も相談だけであとは知らぬふりをしてしまったことに引け目を感じて、その罪滅ぼしに何かを作っていたらしくその話を聞いた時、

(その作ったもの僕にくれ)

と言いそうになるも抑えて、

「僕が持って行ったろか」

といった。するとまた暫く沈黙があり、

「いや私自分で持って行くわ」

と腹にすえた意を決する声になるだけで、遠くの浜辺の暗闇を見続けていた。

(私には彼氏がいるの)

そう言っているかのようなオーラが感じられた。さっきまでの作り笑顔は消え、淡く黄色い月光を

浴びながら遠く自分が思う闇の先を真剣に見つめて輝きを発していた。なんと美しく、可愛い輝きなのだろう。僕は抱きしめたくなるも、そうはさせないという彼女のひたむきな彼氏への愛が伝わってきて、何もすることができなかった。いいよ、分かり合えないなら。同じ白いボートに乗りながら揺れる波の感じ方が違う二人だったんだ。

「帰ろうか」

芝生の上を歩きながらその先の白い砂浜で波と戯れ、抱き合う幻を夢見た僕。でも二人とも真面目すぎてそんなこと幻でしかないのだから暖かい家庭の灯に帰っていくしかないのだ。僕が先に歩いて、彼女は三歩後を歩いた。

しかし、彼女は浜辺を後にするなだらかな坂道で、俺があと一押し、ほんのささいなあと一押しの感動的な言葉をかけたら泣いてしまうかのようなうつむき加減の表情に陥っていた。そして、ガラスのように壊れてしまいそうな小さな小さなかすれた声で、

「ごめんね、ありがとう」

と言い残して、僕も彼女もお互い深刻な何かを思って、沈んだ気持ちになりながら、とぼとぼと別々の道へと分かれていった。

僕達は分かり合えなかったのだ。妊娠騒動からの劇的なまでのもだえ苦しむ僕の姿を山城さんに伝えることが出来なかった。その苦しみを山城さんは本当にわかってくれたんだろうか。あの最後の「ごめんね、ありがとう」の意味の深さを考えるが、やはり分かり合えながったのだという結論に

なった。そして僕は髪を短く切った。

数日後、廊下で山城さんと目を合わすことがあった。彼女は少し暗げに廊下の真ん中に立ち三メートルくらい離れたところから、

「あなたのいうことをなんでもききます」

というようなマゾ的な視線で僕をじっと見つめていたが、分かり合えないと思ってその場から目をそらした。あの訴えかける目はなんだったんだろう。と思うがもう終わってしまったのだ。僕は短くした髪をなでた。

このさまよえる熱い鼓動はどうしたらおさまるのか。【加藤勝信】は僕にどうさせようとして、どこにたどりつくのか。ただ分かったことは東出さんは一つ上のバスケットボール部の先輩に夢中で、その結果僕が振られたということだけだった。

そんな時、佐野元春の「Ｓｏｍｅ Ｄａｙ」を聞きまくった。

「いつかに願いを託せばいいじゃないか」

と佐野元春は歌っていた。丁度、あみんの「待つわ」もヒットしていて二人の歌手が「今は叶えられなくても、いつか叶えられる時がくる」と歌っていた。これは僕の恋愛にとって都合のいい解釈のしかたができた。自分の意とならない偶然の力は待たなければどうしようもないものである。待つということが今までの僕の概念にはなかった。だから僕には【待つ】という概念が生まれた。そしていつまで待つのか。それは歌でも歌われているように、東出さんがバスケットボール部の先輩に振られ

る日までなのだ。そして振られたあと僕にふりむいてくれると信じた。この待つことをいつかきっと東出さんだけは僕のことがわかると信じる勝手な思い込みによって【信】が生まれた。

　この【信】の力は異常に僕の目標をはっきりと明確にした。それは今は彼女を忘れて勉強に励んでいればよい、自分のすべきことは勉強で大学に受かることなんだ、東出さんがいつか僕のことわかってくれるという勝手な思い込みを信じる【信】が芽生えた。猛勉強が始まった。もともと家庭教師を雇っていてその先生もびっくりするくらい。授業中も先生の話を真剣に聞くようになっていった。それは僕の今まで覆い被さっていた負ける気しかしない【まー君】や騙されないようにびくびくしていた【猜疑】の壁をぶちやぶり、硬派な自分を貫く【硬】は鋼鉄の体と化したように化けた。それは僕のナルシストである【ナル】を刺激して【かっちゃん】がより自分を高めるため難しい勉強の問題にぶつからせる。その問題は今の東出さんや山城さんのことを思いあぐねる問題よりもはるかに易しく、もっと難しいものを僕に要求していた。それは挫折によりぽっかりあいた穴である【悪】を善への道に導こうとする穴埋め作業だったのかもしれない。

　拳法の道場に行っても、鋼鉄となった体は決して人に負けない、無敵な体になったと自分に思い込ませて、道場の人が小さく見えた。白井は三ヵ月でやめてしまい僕一人が道場に通っていた。悩んでいた拳もこの時はりんごをグシャリとにぎりつぶせるような握力が備わったかのように感じていた。自宅にはサンドバックを吊るし拳から血が滲み出そうとも全く気にしなかった。しなやかな獣の体を作り出すため家を出てすぐの夙川沿いのオアシス道路をひとり黙々と走った。そう僕は超人への道をたどり始めたのだった。僕の中で憧れる、色々な人の偉業や偉人伝に出てくる最盛期の凄さを僕は自分で体験しているのだ。これで僕も超人となり後世に名を残す偉人になれるかもしれないと僕の中の【超さん】は満ち溢れたものになっていった。

毎日の一日、一日で自分が成績が伸びていく気がした。体の中に屈折したものが溢れだしてみんな強くたくましく、このままいけば石山なんか簡単に倒せて番長にでもなれる気が充満していた。強かった。目がぎらぎらと輝いていて「君にはこの髪型がぴったりだよ」と長くなった髪を床屋で散髪しようとすれば初めてパンチパーマをあてられた。鏡で見たら、ばりばりのヤクザそのものだったが、勉強に励んだ。【信】によって五月二十九日に生まれた【加藤勝信】と今での僕である【加藤克信】が一体化して、東出さんとつきあうために今は勉強すればよいと結論づけたのだ。

六

高校三年になってまた同じ六組で東出さんは七組だった。二人とも階が一つ上がっただけになった。それでも僕は勉強した。成績も上がり始めた。今度のクラスにはヤンキーではないがプロレス好きの格闘家がいて、同じ匂いをもっていると思い友達になった。目立とうとか大人しくしようとか関係なく普通に勉強に励む硬派なヤンキーをしたかった。今度のクラスでは【自閉】というクラス全員に向けたバリアをなくし、クラスの男とは普通にしゃべるように意識した。きっと【自閉】のもつ孤独にも耐えられなかったのかもしれない。そして同じ格闘技好きの奴もいたというのも大きかったかも知れない。とにかくすんなりと僕は【自閉】の殻を破ってクラスに溶け込もうとした。

高二の十二月の初め、東出さんがバスケットボール部の先輩とつきあっていると、エロメガネから情報をききつけた。今は勉強に励むために、好きだけどさよならしよう、という気持ちをつたえるべく東出さんに電話した。そしたら、バスケットボール部の先輩って誰って知らんふりされてあっけなく終わった。また挫折した。でも勉強で埋め尽くそうとした。確かに東出さんはその人に夢中だった。高二の終わりの一つ上の卒業式の時、その人が式を退場していく時、東出さんは白い花束をプレゼントしてひとり泣いていた。

でも僕の「いつか」はまだ来ていない気がしていた。高三になって体育祭の話がクラスで始まっていた。僕は応援団をやることにした。ヤンキーは応援団が花だった。高一でも応援団長をやった。高二では全く無関心で高三は何の気負いもなく応援団を買って出たら応援団長になった。やはり顔がいかついから簡単になれた。それだけの気迫とクラスを仕切ってやるという根性がその時は備わっていた。しかし、エロメガネからまた情報として、東出さんとバスケットボール部の先輩はつきあってなかったという情報が入り込んできた。すると、卒業式に泣いていた彼女は別れを惜しんで泣いていたことになる。僕はいつかとおもっていた日がついに来たと確信して、体育祭の日を僕の告白の日に決めた。体育祭までの応援団の稽古は僕が拳法の道場でやっていた演舞を披露するということで進んでいった。

そして体育祭の五月十二日を迎えた。

応援団長である僕の掛け声とともに、みんなが「えい」と掛け声を一斉に合わしながら、二人一組の形をとって蹴り技や投げ技などの演舞を華麗に行った。僕が人生の中で一番輝いている瞬間だった。華麗な技を繰り広げる様は空を舞うツバメのようだった。ひとり家でサンドバッグを叩きつけていた拳を初めてみんなの前で披露できることになった。ブルース・リーに憧れて練習してきた横蹴りは相手の胸元へと刺さるかの勢いで空を切った。三分間で見事に終わった。

そして体育祭も終わり、僕は東出さんの家に電話した。

「加藤ですけど」

先輩のことを訊くために冷静な電話を装った。

「ああ」

彼女は、なんだろうという感じだった。

「今日の応援合戦見ていた？」

ちょっと自慢げに言ってみた。

「私、目悪いから見えへんかってん」

隣のクラスでやっているのにと思ってがっかりした。

「先輩ってやっぱり稲村さんなんだろ」

十二月初めに嘘をついたのを問いただしてみた。

「そう稲村さんしかいない」

彼女は嘘をついていたのを何の悪気もないように答えた。

「でも彼には彼女がいたの。でも私高一の時から好きやってん」

とそれから彼女は稲村先輩の話をしだした。その話は十五分くらいに及び、彼女が一方的な片想いで、彼は卒業して東京に行ってしまったそうだ。

「だから、今、好きな人見つけるの、探してるねん」

「僕ではだめか？」

「……」

その無言は駄目ということだった。

「僕、あきらめたと思っていただろう」

「うん、十二月の初めの電話であきらめたと思っていた」

あの電話はしてよかったのかどうかわからなくなった。

「なんかスポーツやってなかったの？」

と彼女が言うも、応援合戦を見ていなければ話にならないと思い、

「別に」

と答えた。

「なあ、僕のことどう思ってたん」

素直に聞いてみた。それでこの一年が報われると思った。

「私、初めて加藤君から電話もらうまで加藤君のこと知らなかったでしょ。だから電話でわかってから、ああ、あれが加藤君としか思わなかった」

自分をアピールすることを全くせず、偶然を信じすぎた結果、彼女との接点はなにもなかったということだった。

「なあ、友達でもいいから」

最後は悲痛な願いになった。

「でも、私、期待されるの困るし厭や」

彼女はもう、僕がどうあがこうとつきあう気など全く初めからないと、はっきりした答えを持っていた。

「別に君が好きになった人を僕に言ってくれてもかまわないから、友達になろう」

まだ懇願していた。妊娠騒動も挫折感も何も話せないまま終わってしまうのは寂しいことだった。

「じゃ、それでいいなら。でもつきあう気はないから」

「はい、わかりました」

そう言って、彼女との電話が途絶えた。いつか、東出さんは僕のことがわかると信じていた、いつかの日は訪れていた。好きになる人を探している日はきていた。しかし僕ではなかった。

「ああ、あれが加藤君としか思わなかった」「期待されるの困るし厭や」という言葉が耳から離れなくこだまする。それはつき合う確率が0％を意味していた。挫折感がまた僕を襲う。思えば、去年の妊娠騒動の挫折、一回目の振られた挫折、二回目の振られた挫折、夏休みが終わって誰にも相手にされなくなった挫折、十一月三日、山城さんと浜で会って分かり合えなかった挫折、十二月初め嘘を言われた挫折、そして今度の決定的な三度目の振られた挫折、と一年間に七回挫折して、今度はもう期待もなにも生まれてこない深い挫折感を味わった。恐らく友達になんかなれないだろう。しゃべりかけることもできない。

【加藤勝信】は、死んだ。後は亡霊となって東出さんと山城さんとの会話だけを僕に固執させることにより、絆を深めようと言霊を反芻させるように僕に命じる。しかし二十一年経った時、その乱れる言霊をきちんと整える「エコーマン」という小説にして封印することで、亡霊も死んだ。でも四十歳から頻繁に行われる同窓会の後の二週間ぐらいは出てきて又消える。二〇〇七年初めごろからドッペルゲンガーみたいだと思う。

【ストイック】は、今でも家計簿をつけて自分に規制をかけている。

【ミーハー】は、バブル時代にディスコに行きまくりで絶好調を迎えたが、震災後あまりでなくなった。

【まー君】は、挫折感を味わった敗北者として僕の体を今でも覆っている。社会に出ても勝ち抜いていけないのではないかと不安感を襲わす。

【猜疑】は、まだ社会を敵視するアウトローな生き方を要求する。四十過ぎて大人になったと思うが、どの店の店員も今だに怖い。

【かっちゃん】は、最後の挫折で正三角形の面積が三分の二くらいに縮小しながら僕を奮い立たせる。

【超さん】は、超人になる真っ白な灰になる夢を持たせたまま、一九九八年七月二十九日インターフェロンという薬の投与期間中、超人となったかのような錯覚をもたせ発病して今廃人となる。

【毒】は、物事を斜めから見る癖をつけ、こうして小説という毒をだしている。

【ナル】は、発病してから太って今は消えてしまった。

【硬】は、自分の殻を破れず、女性も一人しかつきあっていない。

【自閉】は、震災で職場が変わりほとんど話さなくてよくなり、三年間職場ではほとんど口をきかなく自閉気味。又二〇〇三年から二〇〇八年まで引きこもりになってしまって今の自分を支配している。

【悪】は、震災でまたブラックホールができて侵食されたが今はない。

【待つ】は、今でも何かを待っている。

【信】は、最後の挫折で死んだ。一九九〇年九月八日東出さんとの再会の時少しだけ芽生えた。あと二〇〇三年二～三月「エコーマン」という小説を書いている時も出た。

今回一番書きたかった自我である。

僕は昔から自我は主客一体だと考えている。いくらここにこうして主観的に面白おかしく自我を並べてみてもそれが他人から見た客観性がともなっていなければ、確立した自我であるとは言えない。それに人を表す「爽やかな」「危ない」や「明るい・暗い」などの形容詞もいくらでもあり、それにこれらの自我が当てはまるかといえば疑問でもある。しかし長年生きてきた中で、最も言われた「加藤＝がさつな奴」という印象はあるが、ここに登場する自我は「我慢強い」や「新しいもの好き」や「いじけてる」や「向上心がある」や「ナルシスト」などと人から指摘されたものがほとんどである。自分でもそうではないかと思い、他人からもこうじゃないかと思われている一致した自我を並べていると思う。自分では覚えていない所に移動している、覚えていない言動をして他人にそのことを言われて戸惑う。そんな別の自我が自分を支配すればその人は多重人格者である。でも僕はそうではない。ただ心の中でこういう自我同士が会話していたら面白いなと思う。

一九九八年から三年間で何だかんだと四回入院して体の軸がずれ体型も変わり動きが鈍くなった。そして体重が九八年まで痩せていたのにそれからMAXでは二五キロも太ってしまった。特に三回目の入院以降、一見して昔痩せてて動きがシャープな自分を誰も想像できない。そして体も心もヘロヘロになり社会的に攻撃的なアグレッシブさがなくなる【ヘロちゃん】が生まれたぐらいで、それから僕の中での自我の革命は何も変わっていない。

七

これだけでは僕の事わからないと思うので略歴を補足しておく。神戸市湊川生まれ。六歳で西宮市香枦園の分譲マンションに転居も翌年母死去。当時そこの管理人だった近藤さんに父が頼み込み住み込みのお手伝いさんになってもらう。僕はその人を「おばちゃん」と呼び週二，三回しか帰らない父がいたが高校卒業まで育ててもらう。二十一歳の時父が死去これ以降一人で生きる。思春期に誰も知らないところでＭｙ Ｒｅｖｏｌｕｔｉｏｎは起こり続けた。そしてそれを証明できる者が誰もいない。神戸のコンピューター専門学校卒業後、ファッショナブルになりたくて紳士服屋一年。本当にしたかった経営コンサルタント会社併設の行政書士事務所二年。大きな企業にはいりたくて自動車シート製造会社七年と職を転々とする。阪神淡路大震災で分譲マンションが全壊。豊中市庄内の会社寮で被災生活。二年半後伊丹市森本の県営住宅に当選。再建マンションを三年間悩んだあげく新築未入居でそれを売るとすぐに発病。

この頃仕事を振り返ってこんな事を思う。僕は何事も「中の上」や「適当」が好きで極端な完璧さにこだわるのが苦手。いつもベストは尽くすが完璧ではない。今考えられる原因は手のひらからくる手先の不器用さが五割、何らかの認知障害が二割、コミュニケーション能力の欠如が三割といったところか。上司から見れば不器用で間抜けで口下手な自分だった。しかし上司は普通に完璧を求め私の仕事をチェックする。すると小学生でもしない「入力ミス」や何がしらの「抜け」や「ぶれ」や「破れ」が生じて中途半端な仕事の出来で信頼されなくなりくびにされる。十人くらいの直属の上司がいたが最初は僕に期待するが同じミスの繰り返しで最後は見捨てる。そんな転職の繰り返しの人生だったなぁ、と思う。

伊丹市に住んでいてこんな事も思う。当選した時は希望ができたようで後十年は生きていけると思った。しかし伊丹市に転居してからすぐに発病してそれ以降病気に悩まされる生活なので、しばらくはこの街のせいにして愛着が涌かなかった。今の段ボールのボンド加工や箱折り等の軽作業の仕事も四，五年になるが、病気である【ヘロちゃん】がでないように体調や生活のリズムを安定させるために働いている。社会福祉事業団の主な業務である介護は職員の仕事でできないので、職員である上司の指示通りに段ボールの仕切り板を組立てたり、本にシールを貼るなどでも雑にならないように気をつけてバイトする。介護福祉専門学校中退から六年間の引きこもりを経て今の職場まで人間関係で心がけていることがある。話しかけられたら話すけど自分の方から話しかけないという常に受身になること。それはその前の自動車シート製造会社から今の職場でも、まるで故障もちのマシーンのように働いてきたのでそれによる自然の流れで生まれた心がけである。それからそれは二回なった廃人になっていく事を意味するのだろうか。先の事はわからないが不安で嫌な予感はつきまとう。伊丹での生活状況は二十代から想定をしていたことの最悪の状態だがそれでも想定内で起こっている生活状況だ。そして思春期をすごした西宮市に帰りたいと思う事も多かった。あの一年間に七回の挫折の傷はいまでも心に鮮明に刻まれている。思春期にもしかしたら「解離」かもしれない、Ｍｙ Ｒｅｖｏ ｌｕｔｉｏｎで生まれた自分の声を今まで信じて生きてきた。これからもそれを信じ、転居して十五年経ち愛着も涌き、四十八歳になって、今は静かに細々とこの街で生きていこうと思う。

渡良瀬川啾啾

小堀文一

慶応四年（一八六八）一月末、下総国古河藩の城下町西端にある永井寺《えいせいじ》という曹洞宗の寺で小さな葬儀が行われていた。

元普請奉行・高木辰三郎敬之が、行方不明のまま、いまだに遺体の見つからない倅・辰之の葬儀を急いだのにはわけがあった。

城下は明日にも火の海になりかねない逼迫した状態におかれていたからだ。そして妻・菊に倅の死について因果をふくめたいからであった。

菊は、倅が行方不明になってから十月《とつき》近く経つのに、まだその死を認めず、どこかで生きていると固く信じており、毎日のように遠い空を眺めながら、辰之の名前を呼び続けている。

葬儀に集まったのは、喪主の辰三郎と妻の菊、辰三郎の弟で小出家の婿養子となった吉之助とその妻、鷲尾家に嫁いだ長女・梅、隣宿・中田宿の川魚料理屋主人・小池屋礼次郎の六人であった。奉行職を致仕したうえ侍の身分まで捨て、船渡町の一間きりの長屋に移ってから世間を憚《はばか》るように暮らしていたので、葬儀はつつましく営もうと考え、ほんの身内だけに集まってもらったのである。

身内でもない小池屋礼次郎を招いたのは、ともに学んだ藩学校・盈科堂《えいかどう》以来の親友で、兄弟のような仲であったからだ。

辰之が幼い頃から、「おじご、おじご」と慕っていた礼次郎は、堤防決潰の後始末に奔走している辰三郎に代り、行方不明になった辰之を、遠く利根川河口まで探しまわったのである。

住職の読経のあと、辰三郎が塔婆を持ち、一同は墓地に出た。西に冬枯れた野がひろがっている。その先に渡良瀬川の堤が延びている。

墓地中央に古河藩元藩主・永井右近大夫直勝の墳墓・宝篋印塔が立っていた。そのうしろ、百日紅《さるすべり》の木の下に高木家代々の墓があった。

豊臣秀吉が北条氏を亡ぼし、関八州が徳川家康にあたえられた以降、古河藩主は明治四年の廃藩置県までに十一家におよんだ。辰三郎が今仕えているのは土井家だが、六代目の永井右近大夫の時代に、先祖が足軽から士分に取り立てられたのである。

高木家の墓誌には、元和時代に没した慧眼院見誉善真居士からはじまる先祖代々の戒名が刻まれていた。

白菊と線香を供え、先祖から受け継がれてきた脇差を遺骨代りにし、埋骨の儀式は終った。そのあと一同は住職の好意で庫裡の一室にもうけられた精進落しの席につき、礼次郎持参の雑魚の佃煮と、寺が用意してくれた汁を肴に黙りがちに酒を飲んだ。

辰三郎以外の眼は、菊の挙措動作にそっと送られていた。菊が辰之の行方不明になって以来、精神に異常をきたしていることはすでに親族縁者には知られていたのだ。見られているのにも気づかず、菊は虚ろな表情のまま汁をすすっていた。ときどき椀から顔をあげ、独り言を口にしている。

座敷は二つの手あぶりだけではすこしも暖まらず、外にひそかな気配を感じ、吉之助が立って障子を開くと、明るい春の雪が降っていた。

「つもらぬうちに……」

という吉之助の言葉をしおに席はおひらきになり、吉之助夫婦と梅はそそくさと帰っていった。礼次郎が辰三郎にささやいた。

「菊さんのぐあいはどうだ」

「今日の葬儀は菊に辰之の死を覚らせるためにも行ったのだが、それがわからぬようだ。だれか先祖の法要とでも思っているらしい」

「憐れだな。しかし、無理もない。自分の命と引き換えるようにして、育ててきた倅を失ったのだからな」

しばらく沈黙ののち、礼次郎がいった。

「利與《としとも》公の上京はまだか」

「まだらしい」

「手遅れにならぬといいが」

尊皇の気運の高まるなか、忠誠誓約のための上京の命令が朝廷から出ているのに古河藩主・土井《どい》大《おお》炊頭利與《いのかみとしとも》はいまだに腰をあげる様子がなく、城下には落ち着かない空気がただよっていた。

料理屋の親爺ながら、藩の内政外政には藩の執行役に劣らないような識見を持っている礼次郎は、現場仕事が多く、政治向きの事情には疎い辰三郎の指南役でもあった。商人にしておくのはもったいないといわれるほどの藩校はじまって以来の秀才であった。

礼次郎はすでに徳川の時代は去ったという認識を抱いており、辰三郎も導かれて、今では藩士としてそれを実感していた。

藩内の空気は澱みきっており、重職たちの多くは姑息で無気力である。洪水防止の水制道具一つ作る経費すら、なかなか許可がおりない。長く続いた幕藩体制の停滞が、この藩にも影を落としており、新しく動き出している時代の流れに取り残されていることを辰三郎も肌で感じていたのである。

佐幕でいきり立っているのは城代・土井利治、永尾勇、岩崎和多里ら国許家老たち上層部だけであった。かれらは佐幕を声高に唱えることで、無気力な藩内の空気を引きしめ、武士社会の存続と自分たちの地位の保全に躍起になっており、藩内勤皇派と一戦も辞さないと高言し、藩内同志の拡大に努めていた……。

礼次郎が大きなくさめをしてからいった。

「おれたちもそろそろ帰るとするか。ときに、引っ越してくるのはいつだ。おれの方はいつでもいいぞ。貴公たちが住みやすいように隠居所の模様替えもすませてある。女房も倅夫婦も待っている」

「ありがたい。いざ侍の身分を捨てるとなると始末しておかねばならぬことが多くてな。四月の中頃から世話になりたい」

三人は表に出て、山門をくぐったところで別れた。礼次郎は用意してきた菅笠をかぶり、合羽をはおると、堤の方向に去っていった。降りしきる雪に後姿はみるみるうちにかくれてゆく。中田宿までは近道の堤の上を歩いて二里であった。

寺から借りた傘を菊にかざしながら、辰三郎は下駄の歯に雪がつまり何度もころびそうになっている妻に手を握れといったが、恥じらって応じなかった。精神に異常をきたしていても含羞だけは息づいているようだ。


古河藩の動きはあわただしかった。

十四歳の藩主・土井利與に、朝廷より上京命令がくだったのは昨年の慶応三年（一八六七）十月である。利與はおり返し、「支度相整い次第上京致し候」と請書を出したが、ペリー来航以来続いている江戸、神奈川警備、くわえて領内での水害と旱魃のくり返しといった多事多難を理由に上京を一日のばしにのばしていた。幼君を補佐する筆頭家老・小杉監物は慎重であった。熱烈な勤皇派でも佐幕派でもなかったかれは、ひたすら古河藩の運命を兵火にさらすことなく平穏のなかに時代の推移に委ねようと考えていた。かれは、言語矛盾的いい方ながら、信念ある日和見主義者であった。誓詞言上は徳川慶喜公誅伐の詔が出てからでぎりぎり間に合うのではないか。あわてて尊皇の意志を明らかにすれば藩内の佐幕派は承知せず、血で血を洗う内乱状態になりかねない。逆に佐幕をいったん鮮明にすれば取り返しのつかないことになり、やがて進発してくるかもしれない東征軍の砲火にさらされ、城下は灰燼に帰す……。

藩主に朝廷から上京命令がくだった、その半年前の四月、普請奉行・高木辰三郎は日比谷御門内の古河藩江戸上屋敷で、護岸工事の裁可を仰いでいた。若い藩主をはじめ重臣たちの多くは、あわただしく動いている世相に対応するため出府しており、重要案件はすべて江戸において裁決されていたのである。

本年の暴風雨対策としては時期を失していたが、突貫工事をすれば一部は間に合うだろう。今年間に合わなくても来年以降のためにも必要な工事であった。認可を申請して半年以上になっていた。

工事の中心は城郭が直面している渡良瀬川井上河岸堤と悪戸新田《あくとしんでん》、鼻曲がりの両堤の補強、それに数ヶ所の川底の浚渫であった。

藩財政逼迫のおり、重職たちの長い合議の末、ようやく許しが出た。

翌日の未明、辰三郎は、上屋敷を出て、日光街道を古河に向かって走るように歩いた。江戸日本橋から十六里、本来は一泊の行程だが急がねばならなかった。西から季節外れの暴風雨がやってきて、西国にはかなりの被害が出ているという。千住をすぎた辺りから早くも追いかけるように雨が降り出してきた。利根川べりにある栗橋関所に着いたのは暮れ六つ近くであった。眼の前の利根川は増水を続けており、すでに通常の渡船は打ち切られていた。関所のはからいで舟と手練れの船頭を出してもらい、房川の渡《わたし》からかろうじて渡ることができた。渡の対岸は中田宿だが、流れが速く、押し流されて着岸したのは、はるか下流であった。

堤の上を中田宿にもどりながら、辰三郎は左を流れる利根川にときどき視線を投げた。つい足元と錯覚させるような近さで灰色の巨大な水が轟音とともに流れている。波頭が夜目にも白くくだけていた。

雨はますます激しくなり、風も遠い空で鳴り出していた。ここからやや上流で合流している渡良瀬川の状態が気になってならない。合流地点から上流の堤の管理が普請奉行であるかれの仕事であった。

やがて、堤をおりて中田宿に入った。

いつもなら旅籠や茶店の灯りが街道をあかあかと照らし、客引き女の声が聞こえている時刻だが、軒行燈はすでに取りこまれて、戸をおろす店も多く、宿全体が大雨に暗く降りこめられていた。

足裏のマメがつぶれたらしくはげしく痛んだ。両脚のふくらはぎも、ときどき痙攣した。

やっとたどりついた川魚料理の小池屋には、さすがにこんな夜なので客の姿はない。

主の礼次郎は在宅していて、立っていられないほど疲労している辰三郎を見て驚き、早速、駕籠を用意してくれた。辰三郎の役目柄の出水への心配は、渡良瀬川が利根川に合流する辺りに近い中田宿に店を構える礼次郎の心配でもあった。

雨しぶきのなか、駕籠は日光脇街道を急ぎ、古河城下御茶屋口から台町に入り、やがて左折して佐野街道を進んだ。商家の並ぶ町筋が切れると武家町になる。境に木戸があり、そこで辰三郎は駕籠をおりた。

城郭を囲む百間堀にかかる木橋を渡り、追手門をくぐると人の動きがあわただしかった。普請役所の隣は倉庫になっており、鍬や畚《もっこ》を担いだ足軽や人足たちが、ぞくぞくと駆け足で出てゆく。堤見まわりのため出かける寸前であった奉行助役の田所がいった。

「上流の山でかなりの雨が降ったらしく、異常な増水の速さです。家や家畜が流されてきております」

辰三郎は「井上河岸の様子を見たい」と足を引きずりながら、雨風のなか、郭《くるわ》の裏側の竹藪をかき分けて堤へのぼった。

堤に立つと雨が強く頬をたたいた。

城郭は堤をはさんで渡良瀬川と対面している。ここの堤が切れれば、郭はまともに水を受けることになり、本丸をはじめとする城の中枢部は濁流に呑まれ、流失しかねない。

それだけに、ここの護岸工事は念入りにやってきたつもりであった。

堤の内側を玉石で固め、堤には根の強くはる草や樹を植え、堤近くの河中には、水の直撃を避け、流れをそらせるための水制具・聖牛《ひじりうし》を多数埋めてあり、そのなかに収めた蛇籠の数も多い。昨年、堤は五尺もかさあげしている。しかし、さらに補強が必要であり、今回やっと裁可されたのであった。

今、足元の堤は濁流を必死に支えて悲鳴をあげてゆれている。補強は急がねばならぬとあらためて思った。

河岸の桟橋はすでに水没していた。

水は警戒線と定めてある柱の線近くまでせまり、闇をすかして見ると川の中央を黒い芥の山が次から次へと流されてゆく。人家の屋根のようなものが影絵のように浮いたり沈んだりしながら走り去ってゆく。何かに挟まれて生きている馬が首を立てたままで流されてゆく。

辰三郎が決潰をとくに警戒している堤は、この井上河岸堤のほか、同じくこのたび補強が許可された上流左岸の悪戸《あくと》新田と、下流右岸の鼻曲がりの両堤であった。

悪戸新田には藩最大の米蔵があり、籾で千俵を収めてある。鼻曲がりの堤に接して穀倉地帯が西に大きくひろがっている。悪戸の堤が切れれば貯蔵庫の藩米は泥水につかって使い物にならなくなり、秋に新しい米が獲れるまで家臣に与える米が不足する。鼻曲がりの堤が切れれば、その出来秋の米の収穫も絶望的である……。

堤から役所にもどった辰三郎は助役の勧めもあり、いったん帰宅して足にできたマメの手当と腹ごしらえをすることにした。朝から何も食っていなかったのだ。

帰宅して傷の手当をし、飯を食い終ると、疲れで、かれの軀《からだ》は自然と横に崩れた。とたんに深い眠りがきた。その二刻たらずの帰宅がのちのちまで辰三郎に深い悔恨を残した。その間に悪戸と鼻曲がりの両堤が切れたのである。

その日の夜半に襲った大水の被害の状況が明らかになったのは雨風もおさまり、強い太陽が、黄土色の濁流をぎらぎらと照らしはじめた翌日の午近くであった。

悪戸の死者と行方不明は、水の直撃を受けた十数戸の家の二十一人であり、怪我人は三十五人であった。切れた堤ぎわにあった藩の大米蔵の大半の俵が水びたしになり、その後濁流は城郭にまで押し寄せ、本丸、二の丸、重職たちの屋敷はみな床上まで水に浸かった。高く浮いているのは天守閣代わりの御三層櫓だけである。郭内米蔵の米、武器倉の剣槍、銃器類の多くが使い物にならなくなった。城下の大部分も泥の海になり、大半の商家やその蔵も床上まで浸水し、多くの商品を失い、農村地帯では植えたばかりの稲の苗や畑の作物が流された。

一方、対岸鼻曲がり堤の決潰による死者は五人で怪我人は十二人であった。堤の西に接して見はるかす一帯は利根川と渡良瀬川に挟まれた巨大な三角洲で、うまい米のとれる穀倉地帯であったが、「さなぶり」の祭りが終ったばかりなのに苗の大半は流された。

二つの堤の決潰による損害は甚大であり、堤普請の責任者として、しかも決潰のとき、現場で指揮をとらずに帰宅していて眠っていたことが辰三郎の心を責めた。今は緊急のときであり、そのことを非難する者はいなかったが、失態であることは明らかだ。そのことによる責任の重さの痛感と同時に辰三郎の心に衝撃をあたえたのは、万全を期すためにはさらなる補強が必要ではあったが、二つの堤がいともかんたんに切れたことである。補強工事認可の遅れはかれの心の慰藉《いしゃ》にはならなかった。両堤とも井上河岸同様、長年にわたり、かれが普請組役人として蓄積してきた技術を傾けて普請したものであり、かんたんには切れない自信があった。井上河岸が切れずに郭の中枢部が流失しなかったのが、辰三郎のせめてもの慰藉であった。

その日から、かれは、切れた両堤の補修集団の先頭に立った。両堤の欠損部分に緊急措置として土砂、石塊、材木、切り倒した樹木などを投げ込んで塞ぎ、これ以上堤外に水の流れ出るのを遮る作業である。

本格的な築堤工事は減水するのを待って先のことだ。緊急措置は時間との戦いでもあり、膨大な人力を必要とした。

二つの決潰した堤の補修には、普請組はもとより、作事組、船奉行、町奉行、郡奉行の配下が総動員され、藩御用達の土木業者・吉田組の人足、被害を受けなかった近隣の定助郷《じょうすけごう》の多くが狩り出された。季節は初夏であったが、すでに陽ざしは強く、汗にまみれて褌一つになった七百人もが両堤に分かれて、担いできた土砂、石塊などを崩れた個所に投げ込んだ。作業は星の光る下、夜を徹して続けられた。

悪戸の堤決潰のおりの行方不明者のなかに辰三郎の倅で普請組見習いの辰之がいた。かれが濁流に呑まれたのを目撃したという者の話によると、決潰の直前まで、約百名の普請組足軽と人足たちが堤に土嚢を積みあげており、辰之もそのなかにいた。

土嚢積みは水嵩の上昇に追いつけず、そのうち川は越流しはじめた。越流した水は堤の外で本流と平行して流れ出した。ただちに予想されるのは、両側の流れに挟まれた堤の下部からの決潰であった。

指揮していた普請組の役人が一斉引きあげの命令を出した。たった一人逃げ遅れたのが辰之であった。かれは、龕灯《がんとう》の灯りに頬を光らせて土嚢を担ぎあげていたが、足をすべらせて土嚢とともに頭から水に落ちた、と目撃者はいった。

命令が川の轟音で聞こえなかったのか、おそらく聞こえていても辰之の頭のなかは一袋でも多く積まなければならぬという、口に出すのは憚《はばか》るが、それこそコケの一念で凝り固まっていたに違いないと辰之を知るだれもが思った。そして、ふだんから同情の眼差しで見られていた辰之の頭の遅れをあらためて憐れんだのであった。

堤の補修に没頭している辰三郎に代って辰之の捜索の先頭に立ったのは小池屋礼次郎であった。かれは盟友の倅の行方不明に、いても立ってもいられなかったのである。かれは二十人ばかりの捜索隊を組んで、半月にわたり、渡良瀬川、利根川の岸辺一帯を探して歩いた。遺体はどこかの杭にひっかかっていないか、葭の茂みのなかに横たわっていないか、と利根川河口の銚子までくだって探ったが発見できなかった。

辰之の行方不明の報をはじめて聞いたとき、母親の菊にはまだいくらかの落ち着きがあった。頭は遅れていたが頑健な軀を持ち、水練も達者な倅が溺れるはずがない。

しかし、行方がわからぬまま半月経つと次第にその表情が変わってゆき狂乱状態になってきた。菊は、藩や礼次郎の捜索隊とは別に、水のまだ引かない危険な川辺を、倅の行方を求めて毎日のように探しまわった。

　辰三郎が帰ってきても菊の姿が見えない夜が多かった。夜まで息子を探し求めているのだ。「辰之、辰之」と細い声をあげながら徘徊する姿は見る人の心を打った。しかし、毎日のように夜半まで裾を乱して歩きまわる姿が続くと人の眼には異様に見えてきた。

　一ヶ月たっても辰之の行方はわからなかった。辰三郎は最早諦めるしかない、と何度もいいきかせたが、菊は、

「あなたは辰之がまさか死んだと思っておられるのではないでしょうね」

と、ひきつるような顔になり、しまいには泣き出す始末であった。

　辰三郎は妻の気持がわからぬではなかった。菊にとって辰之はたんに腹を痛めた子供という以上に特別な存在なのだ。

　――辰之が出生して半年足らずの、或る日の秋の夕暮れ、菊が小用に立ったとき、座敷の真ん中におとなしく坐っていた辰之が濡れ縁に這い出して、そのまま庭に落ち、顔を強く打った。泣き声に驚いた菊が厠から飛び出し、抱きあげると頬に血がにじんでいたが、たいした怪我ではなそうなので安心した。その後、辰之は何事もなく元気に育ってゆくかに見えた。しかし、数年して思いもかけない脳の遅れが出てきた。五歳、六歳になっても他の幼児にくらべ口のまわりが遅い。少年と呼ばれる年齢になったが、かれの頭のなかでは見るもの聞くもの一瞬にして素通りしてゆく。四半刻前のことも覚えていない。簡単な数の足し引きがおぼつかない。いつもぼんやりとした表情をしている。友だち

の輪にも入れない。その原因を辰三郎夫婦は考えてみたが、あの日の縁からの転落で頬を打ったことしか心当たりはなかった。十二歳になって知恵の遅れがますますはっきりしてきて、かかりつけの医者・林庵の紹介で江戸の医者にも診てもらった。

あのとき打ったのは頬だけでなくて頭に損傷をあたえたのかもしれない、顔の怪我はまた脳の怪我でもあると医者はいった。脳硬膜下に小さな血だまりができて、その後、血は引いても後遺症が残る場合がある、それではないか、残念ながら治療の方法はない、ともいった。

以来、辰之は遅れた頭をかかえたまま軀だけは丈夫に育っていった。そして、本人の努力もあって、わずかずつだが知恵はついていくようであった。菊は、ほっとしながらも、辛い気持で、軀ばかり成長してゆき、頭のなかなかついてゆかない息子を見守っていた。このままこの子は大人になり侍としてやってゆけるだろうか、嫁の来手があるだろうか、それを口にすると、辰三郎は、仕方ない、この子が背負ってきた運命だ、縁から落ちたのを、おのれの過失と自分ばかりを責めるな、幸い軀は頑健だ、人の頭《かしら》にはなれなくても力仕事はできる、普請組で十分働ける、元服したら普請組でお仕えできるよう、重職の方々にお願いすると妻を慰めた。

そんな辰之も辰三郎がいったとおり、成人して、普請組出仕見習いになることがかない、足軽や人足のなかにまじって鍬を打ち、畚をかつぐようになった。菊は半分安堵しながら、これから命のあるかぎり、この子に尽してゆこうと決心した。この子の足りないところは自分が補い、この子と一体となってこの世を凌いでゆこうと心に秘めた……。

辰三郎は、菊の狂乱は、辰之行方不明による衝撃からきた一時的なものであり、すこし落ち着けば、以前の妻にもどることだろうと思っていた。しかし、期待は裏切られた。眼は虚ろになり、顔からは表情というものが失われていった。まるで別な女に変わってゆく妻を見て、辰三郎は戸惑い、悲しんだ。菊は何をする意欲もなく、一日中ぼんやりと縁にすわって空を見あげ、移りゆく雲を眺めては、ときどき「辰之、辰之」とつぶやいた。この地方特有の風の強さに怯えるようになり、夜中に跳ね起きることもしばしばであった。

慶応三年、秋深くなり、切れた二つの堤の応急措置が終了し、あとは本格的な築堤になる。それにはまた金と時間がかかる。

辰三郎は、それでなくても多事多難に喘いでいる藩にあたえた損害の大きさをあらためて痛感した。かれが、責任をとって奉行職を辞し、さらに嗣子・辰之を失い、家督の相続の道も断たれたので家禄も返上し、一人の町人として、倅の供養と妻の介護の生涯を送りたいと藩に申し出たのは間もなくであった。

補強工事認可の遅れも今回のことの原因であり、藩にも責任があると重職の何人かは慰留してくれたが、かれが決意を翻さなかったのは、あの夜、現場の指揮をとっていなかったことの深い悔恨のためであった。

悔恨はかれを苛み、このまま奉行職にとどまることはとうてい心が許さなかった。といっても収入の道を自ら断ち、どうやって妻と二人、これから生きていったらいいのか、ずい分と思案した結果であったが、最終的に決意したのは、友・小池屋礼次郎の言葉に励まされたからである。
「辰之も亡くし、菊さんもあんな状態のなかではもう今の仕事を続けるのは無理だろう。侍の身分を捨てて町人になれ。そしておれの家にこい。先ごろ建てた裏の隠居所が空いている。二人を養うくらいのことはできる。無駄かもしれんが、菊さんの心ゆくまで二人で辰之を探し歩いたらいい。衣類の切れはしぐらい見つかるかもしれない。辰之探しをかねて、土手の見まわりもやれ。増水すると危ないと思われる場所を発見したら普請組に報せてやれ。これまで、わが藩が苦汁をなめ続けてきた出水の歴史と、その防ぎようの知識を貴公なりにまとめてみろ。それを後の世に残すのだ。川普請は先祖以来の貴公の家のいわば家職だ。知恵の集積があるはずだ。それをやるのは貴公の世の中への義務だ。……この世はすでに動かしがたく変化しようとしている。もう侍の世ではなくなる。五十二歳はまだまだだ。あんな菊さんを残しては死にきれまい。二人とも新しい世の中で手を取り合って長生きしろ……」

慶応四年の年明け早々、鳥羽伏見の戦いがあり、慶喜誅伐の詔が発せられ、東征軍の進軍が決まったとなれば、古河藩家老・小杉監物はいつまでも首鼠両端を持しているわけにはいかなかった。それでもなお、ぎりぎりのタイミングをはかっていたかれが、幼君利與をかき抱くようにして、ようやく京に向かって江戸を出発したのは、辰三郎の行った葬儀から二ヶ月近く経った慶応四年三月二十日である。

　それを阻止するため佐幕派の家老・岩崎和多里らが馬で品川宿まで追いかけたが、監物は一喝して斥けた。

　一行は四月六日に京都に着き、堀川通り御池上ルの京都屋敷に滞在し天皇（のちの明治天皇）拝謁の許可を待った。天皇は大坂行幸中であったので、四月二十日、ようやく拝謁を許され、忠誠の誓いをすませた。そのあとの監物の動きは早かった。

　藩主の強い意志として藩内の佐幕派を抑え、上京前から内々指示していた通り、官軍に金一万五百両と小銃六十挺、鞍置馬三十頭の献納、官軍の休泊場所と糧食の提供、領内の治安警護、勤皇を誓った隣藩への援兵などをすばやく決めた。


　四月になると官軍は佐幕派討伐のためぞくぞくと北関東にやってきた。

　二十四日、中田宿にも到着し、藩の命令で、民宿させた家の総軒数は四十六軒、人数は八百八十一人におよんだ。

　辰之の葬儀をすませ、もろもろの用事を片づけて、辰三郎夫婦が礼次郎の隠居所に移ってきたのは、官軍到着の五日前である。

　小池屋も一畳半詰め一人の割り当てに従い、二十名を泊めた。官軍の面々は薩摩の男たちで、しゃべる言葉は異国人の言葉のように辰三郎には理解できなかった。かれらは、聞きなれない調子で、

宮さん、宮さん、お馬の前に
ひらひらするもの何じゃいな。

とことんやれ、とんやれな。

と太鼓をたたきながら歌をうたい、島津《しまづ》轡《ぐつわ》の旗を先頭にやってきた。

一行の肩にしているのは舶来の新式銃で、そのいでたちは、官軍の印として袖に錦の小切れをつけ、肩から横に青や赤の粗い毛布をまき、筒袖、ダンブクロ姿であった。

辰三郎夫婦は隠居所で息をひそめて、翌日、かれらの出発してゆくのを見守った。

東の空には薄い煙があがり、かすかに銃声のようなものが聞こえてきた。隣の結城藩ではまだ勤皇派と佐幕派との戦いが続いているらしい。


夏になり菊の状態に回復の兆しらしいものが見えたことがあった。隠居所は小池屋の裏手、日光街道から一町（百メーター余）ばかり渡良瀬川寄りに建てられていたが、家のうしろに風よけと洪水に備えての竹藪がある。竹藪の先にはきれいな小川が流れていて洗い場にも使っている。その夜、わいてきたように蛍の群れが小川の上を流れていった。これほど見事な蛍の行進を見たことがなかった。何か自然に異変でもあったのか、と辰三郎は思った。蛍は水草によって育つというから、洪水がもたらした数々の水草の生態変化が原因であろうか。美しい光の乱舞であった。光は水面にも映り、走馬灯を見る思いであった。風に流されないで竹藪のなかにじっと浮いたままの蛍も数匹いて幻想的であった。

その夜、菊がつぶやいた一言に辰三郎ははっとした。もしかしたら正気をとりもどしたのではないか。

「辰之はやはり死んだのでしょうか。蛍がにぎやかに葬式をやってくれたのかもしれません」

しかし、翌日になると菊は昨夜のことはすっかり忘れていて、

「そんなところに隠れていないで早く出ておいで」

と、辰之の名を呼ぶのである。

菊は家事をすっかり忘れた女になり、近くを徘徊することが多かった。それでも辰三郎にとって安心なのは、夜はこわいと、家からは一歩も出ず、出かけるのは昼ばかり、それもかれの眼のとどく範囲であったからだ。

或る日、帰ってきて、裏の小川の岸部に美しい翡翠《かわせみ》の番《つがい》の巣を見つけたと報告し、ここはいいところですね、とあどけない表情でいった。久しぶりの明るい表情であった。

その顔を眺めながら辰三郎は、この女の生まれながらの無垢な心がかえって、かけがえのないものを失った喪失の衝撃に耐え切れず、精神が失われていったのだと思った。

礼次郎の勧めに従って、辰三郎が渡良瀬川の洪水の歴史とその備えについての心得を、記憶をたどりながら、ときには普請組に赴いて保存してある記録を読み直したり、かつて普請組出仕であった故

老を訪れて話を聞いたり、父祖が残した反古のようなものも掻き集めて参考にしたりしつつ、筆を取りはじめたのはこの地に越してきた年の暮れからであった。

夜、葭の原を渡る木枯らしの音が聞こえはじめると菊は、「おそろしい」といって早目に床についた。妻の寝息を聞きながらかれは、昔から数えきれないほどあった嵐の夜のこと、崩れた堤から奔流してくる濁水との戦いのこと、夏は太陽にあぶられ、冬は赤城、榛名颪に震えながら畚を担ぎ、鍬をふるった若い日々のことなどを回顧しつつ筆を進めた。

その年の秋、すでに慶応は明治の元号になっていた。翌明治二年になると版籍奉還が決まり、藩主・利與は古河藩知事となった。小杉監物は土井八万石の所帯を抱え、勤皇と佐幕の狭間に立って彫心鏤骨のはかりごとをめぐらせた心労が重なってか、健康を害し、帰郷してから病にふせるようになり、その年、病没した。

明治四年、廃藩置県が発令され、藩は古河県となり、利與は免官され、華族となって東京に移った。古河藩士のうち、県に雇用された者はわずかで、多くは秩禄公債をもらって町人や百姓になった。かれらは新しい生活をはじめるために多くが東京方面に移住した。

九百人以上いた侍のうち古河に残ったのは三百人ほどになり、官員になった者をのぞき内職などしながら細々と生計を立てていた。辰三郎の娘の梅の嫁ぎ先の鷲尾一家も東京に移っていった。弟の吉之助一家も職を求めて栃木の町へと去った。菊の両親はすでになく、弟が古河で葉茶屋の番頭になった。

その明治四年の暮れ、高木辰三郎の「わたらせ水防志」がまる三年かけてできあがった。かれは、あらためてこの藩の歴史が渡良瀬川洪水との戦いの歴史であることを思った。

享保十三年九月、大暴風雨があり、城下および中田宿は泥の海となり、大きな被害をもたらした。明和元年の堤防普請に領内二十三村で定助郷《じょうすけごう》のべ二千三百人が出動した。その翌々年にも出水があった。寛政五年より弘化二年までの五十年間に一丈（三メーター余）以上の大水が七十五回もあった。一丈八、九尺（約六メーター）の水が出ると城中まで浸水した。文政十二年は七回、天保七年には九回出水があった。天保十一年の秋、翌年の三月にも水は城下一帯にあふれた。古河近辺の定助郷は文化七年にはのべ九千九百人、嘉永三年にはのべ二万五千人となった。そしてあの四年半前の悪戸、鼻曲がりの堤防決潰であった……。

かれは洪水の歴史とともに、空模様からの嵐のくる予兆、上流からの流れ物からの出水時刻の予測、脆弱な堤の見分け方、その他、水防の工夫のさまざまを書いた。河中に埋める棟木の長さ五間もある大聖牛《だいひじりうし》から、蛇籠、水刎ね杭にいたるまで新しく考案した水制器具の図形も描いた。

堤防決潰の原因になるものをいくつかに分類してみた。
一、水が堤防を越えて二つの水流ができることから起こるもの。
二、これまで堤防いっぱいに流れていた水が急に引いて起こるもの。
三、堤防の基盤に水が入り、その水圧で起こるもの。

四、堤防の下部に穴があき、陥没して起こるもの。

などであった。

それらをあらかじめ防ぐのは、普請組の技術と人数では如何ともしがたかったが、すこしでも役立つと思われる工法などについて知るかぎりのことを書いた。川底のやたらな浚渫が必ずしも、天井川になることへの防止策でないこと、堤高ウシテ尊カラズという見解に達した堤防論もつけくわえた。

書き終えてから、しかし、それらが根本対策でないこと、その昔、幕府が行った大工事、利根川東遷事業が問題の根源であることもあらためて思った。それは今さらいってみても詮ないことではあったが、かれの想念はそこにどうしてもたどりついてしまうのである。

——利根川東遷工事は、利根川を、今まで流れこんでいた江戸湾から銚子の海に流れこませる川筋変更の大工事であった。天正十八年、徳川家康公が関東郡代伊奈忠次に申しつけ、以後、忠治、忠克と伊奈家三代にわたって行われたもので、当時としては大事業であった。工事の主目的は、江戸を水害から守り、流域の沼や湿地帯を干しあげ、新田を作るためであったが、奥州方面から物資を江戸に送るさいの廻船が潮流の強い九十九里沖でしばしば難破するので、海上をゆくことを避け、銚子に注ぐ新利根川を作り、江戸川経由で江戸に運ぶことも狙いであった。さらに、いまだ油断のならない奥州の諸藩に備え、関東最北の外堀の役割をはたさせるため、川筋をすこしでも江戸から遠ざける目的があったとも。しかし、地勢を無視した川筋の変更は氾濫地帯をたんに武蔵国からこの下総国、常陸国に移しただけにすぎず、そのため江戸および旧利根川流域は洪水の難から逃れられるものの、新利根川流域および渡良瀬川をはじめとする支流の流域は毎年のように大水に悩まされることになる……。

しかし、今さら、そのことをいってみたとて、だれも耳をかす者などなく、逆に幕府にたいする反逆思想として処罰されるだろうと、空しい思いが心を駆けめぐるだけであった。

そのように治水の根本対策としては満足のゆかないものであっても、ともかく、かれの心魂を傾けた「わたらせ水防志」はできあがった。それを礼次郎の勧めもあり、当時の古河県の土木部に提出した。


辰三郎夫婦の平穏な春夏秋冬の生活はくり返されていった。隠居所からは日光街道を行き交う旅人の姿が見える。宿場が切れるところから枝ぶりもさまざまな松並木が古河の町までつながる。夕刻になると旅籠の客引き女の、

「寄ってらっせ、泊まらっせ」

この宿場独特のいいまわしの呼び声がきれぎれに聞こえてくる。

夫婦は朝ゆっくりと起きる。米をとぎ、竈にかけるのは菊の精神の異常が進んでから、いつしか辰三郎の仕事となった。その間、すこし軀を動かせとかれがせっついて菊に裏の小川ですすぎものをさせる。精神の回復のためにも軀を動かすことが必要なのだ。

炊きあがった飯に菊にだけ毎日卵を添える。菊は「わたしだけですか」と怪訝な顔をする。

「水防志」ができあがってからも季節を問わず、辰三郎は菊の手を取り毎日のように堤にのぼり、川

を眺めるのが習慣であった。

菊はもう手を取られることに恥じらいはなかった。春の堤はのどかに長くのびていた。雲雀が鳴き、鳶が空を飛んだ。もう侍のいない、近く取りこわしの噂のある城郭の近くまで歩く。遠い道だったので、途中、菊は疲れて堤の草むらに腰をおろす。夏が近づくと、雲の動きを見ては雨の心配をする、ああ、どうやら今年は水の心配はなさそうだと安堵する、真夏、渡良瀬川は炎天の下、滔滔と流れないのをすまなそうに細く流れている。しかし、油断のならない川だ。辰之を呑み、藩の財政を苦しめる恨みの川であったが、はなれがたい懐かしさも抱かせる不思議な川でもあった。そんな気持にさせるのは災害と共生しなければならない、この地に住む人間の悲しい性《さが》なのだろうか。

秋の堤はトンボが頬にあたるくらいに群れる。日の暮れるのを待ちわびていたかのように虫が鳴き出す。やがて、葭切りの声が鋭くなり、赤城、榛名、日光の山山の姿が冴え冴えとし、この辺りで、「ぽっこしや」と呼ばれる西風が吹き出して、寒い冬がやってくる。日光連山の麓までのびているかと思わせるほど広大な河原を冬の月が照らす。

辰三郎と菊のおだやかな余生に唯一の暗い影を落としたのは礼次郎の女房・秋がまず死に、その二年後に礼次郎もみまかったことである。痩せていたが病気一つしたことのない礼次郎が脳卒中で亡くなったのは城が取りこわされた三年後の明治十年の暮れであった。

その頃、辰三郎と礼次郎の間にちょっとばかり仲たがいがあった。盈科堂卒業以来はじめてのこと

である。女房の秋が労咳にかかり、ふせっているのに礼次郎がいい歳をして古河に妾をかこったからだ。辰三郎が意見をすると、

「おまえのような朴念仁はお菊さんだけの面倒を見ていればいいのだ」

といった。かつて「二人とも新しい世の中で手を取り合って長生きしろ」などとえらそうに辰三郎に説教したくせに、自分のことになると別のようであった。

夫の浮気も知らずに息を引き取った秋が辰三郎は憐れでならなかった。

礼次郎はいっときは妻の死に打ちしおれたが、三月も経たないのに、もう妾の家に入りびたりであった。刺激のすくない田舎の中田宿にいるより、郵便役所ができたり、甲乙丙丁と名のついた小学校が四つも創立されたり、宇都宮との間に馬車が走り、渡良瀬川には、利根川経由で東京まで毎日運航する蒸気船通運丸が就航したり、座繰り糸屋があちこちに生まれ、猿島茶、桐下駄、鮒の甘露煮屋などの店も増え、それにともなって料理屋なども増え、横山町に遊郭が生まれ、夜の色町のさんざめく古河の町の方が、住んでよほど面白いのだろう。辰三郎は礼次郎という人間が知識の男であると同時に多情の男であることをはじめて知る思いであった。

そんな父親であってもどこか威厳があるらしく、礼次郎の倅の修次郎は文句もいわず苦笑いしていた。おやじの代で家産をどんと増やしたのだから、好きなように暮らさせようと親に似て鷹揚なものであった。料理屋が繁盛している余裕だろう。

そんな礼次郎が生前、倅にいった口癖は、「おれに出す金がなくなれば金はいらぬ。好き勝手をし

ているおれは放り出されて野垂れ死してもかまわぬ。ただ裏の隠居の面倒は生涯見てやってくれ」というのであった。その礼次郎も妻の死後二年足らずで妾宅において倒れたのである。

辰三郎は礼次郎が死んでしまってからも表の店にこれ以上の厄介かける気にはなれなかった。修次郎夫婦の強く引きとめるのを断り、古河にもどることを決心した。

新しい住まいが、あの悪戸新田であったのは因縁であろうか。出水のとき以来、昵懇にしていた悪戸新田の集落の長《おさ》が、二間ある離れを提供してくれたのである。

悪戸新田は佐野道が中央を貫く戸数五十ばかりの百姓の住む集落で、下野国から流れてくる思川との合流点に近く、渡良瀬川の湾曲が大きく西にふくらんだところにある畑地帯であった。住民は九世紀に出雲大社から勧請した古河の総鎮守・雀神社の元社領に住んだ人たちの後裔で気ぐらいは高かったが、あの堤決潰のおり修復の先頭に立った辰三郎に感謝と親愛の気持を抱いており、辰之のいたましい死についても深く同情していたので、温かく迎えてくれた。

小池屋の修次郎は、わざわざ出水の危険の多い川べりに住むことはないだろうに、といってくれたが、辰三郎は、これも縁だからと気持を変えなかった。辰之遭難の場所であることがかれを引き寄せたともいえた。

修次郎は別れるにあたり、死んだおやじの気持ですといって、多額な餞別を辰三郎に贈った。辰三郎は、

「あなたのおやじさんは死んでまでおれたち夫婦のことを心配してくれるようだ」

と苦笑しながら、ありがたくもらうことにした。

その後しばらく悪戸の集落は堤防が決潰するようなこともなく平穏であった。

しかし住民は毎年、梅雨の時期から野分すぎまで緊張した。当番をきめて川の見まわりをした。万一に備えて土嚢作りに年寄りから子供まで励んだ。辰三郎は集落の人たちの相談に乗り、出水に備える知恵をかした。家の裏に根のはる樹木をできるだけ多く植えさせた。避難用の小舟を用意させ、ふだんは軒につるしておくよう勧めた。小高い場所に水家と称する二階建て建物を作り、米、味噌、醤油を常備させた。堤ぎわに竹藪をたくさん作ることを提案した。竹藪は越水した水の勢いを弱め、かつ泥水を濾過するからである。

堤防普請は政事《まつりごと》であり、一集落の手に負えるものではないが、心得として知っておくこととして、堤のかさあげに重点をおくよりも堤の厚みに力点をおくこと、越水をやたらに恐れないこと、ゆるやかな越水であるなら、それがすぐ引くように水はけさえよくしておけば、むしろ肥沃な土を運んでくれて田畑にとっていいことだと説いた。

一方で、辰三郎夫婦は食ってゆくために内職に励んだ。

辰三郎が竹を細かく裂いて、小池屋をはじめ近郷の料理屋で出す鰻の蒲焼の串を作り、菊は小楊枝作りに精を出した。しばらく前から小楊枝作りが士族たちの内職としてはやり出していたのだ。材料のクロモジの問屋も古河に生まれたほどであった。

菊の精神は元にはもどらなかったが、顔は赤らみをおびて丸くふくらみ、恵比寿様のようだと悪戸の人はいった。菊は夜ごとに安らかな寝息を立てた。

川べりの夜の暗さは、明治の時代になっても江戸の時代のままの暗さで、奥深い静寂に包まれていた。夫婦の夜なべをする灯がおそくまでともっていた。

菊がみまかったのは悪戸に移ってから二年目の冬であった。

毎晩、菊の安らかな寝息を聴くのが辰三郎の最大の慰めであり、生きてゆくうえの励ましであった。ところが或る夜、その寝息の様子が違った。それはごうごうと唸るような鼾であった。辰三郎は菊の激しく上下させている肩を見て、ただごとでないことを覚り、集落の長《おさ》の家に駆けこみ、医者・林庵に往診の使いを出してくれるよう頼んだ。長《おさ》はすぐに下男を走らせた。しかし、半刻ほどして林庵が駆けつけてきたときには菊の息は絶えていた。脳の血管が切れたと医者は死因を告げた。

菊の影がときどき障子の向こうに映る。はっとして障子を開けると茫々とした葭の原が月光に照らされているばかりであった。

辰三郎は串を削る手を休めて思う。

もしあのときの家老・小杉監物の判断が誤っていたらこの城下はどうなっていたろうか。会津の悲惨の二の舞をふむことになったことだろう。そのとき、おれは、礼次郎はどう身を処していたろうか。

おれは戦火のなかで、死んでいったような気もする。おれなしで生きてゆく菊の姿を想像するだけで胸が痛む。しかし、城下が兵火に見舞われ、おれと菊にそんな運命があったとしても、城下の四季は同じようにくり返されるに違いない、渡良瀬川は同じように流れ続けることだろう、その当たり前のことが不思議でならない……。

そのとき、かれの耳に川の声のようなものが聞こえきた。それは、けっして暴れる川の声ではなかった。恨みの川の声でもなかった。啾啾《しゅうしゅう》と泣く川の声であった。自らも傷つき、自らを悼む、日夜を分かたず、源初の山間《やまあい》から流れてくる一筋の川の声であった。その時、自分には残されているものはすでに何一つないことを覚った。辰之なく、礼次郎夫婦なく、菊もいない。古河藩という武家社会も崩れ去った。かれの胸にあるのは白々と流れる一筋の川のみであった。

突然、かれの心に芽生えたものがあった。

――この渡良瀬川の流れに沿って長い旅を続けよう、そして、その最初の一雫がしたたっている源の地にたどりつこう。渡良瀬川の源は日光と上州沼田との境にある皇海山《すかいさん》の懐深い渓谷にあるという。その山は昔火山であったが、今では全山深い樹林に覆われているという。そこにたどりつくには数えきれない町や村や集落を通り抜けてゆかねばなるまい。川は田畑や岡や森のひろがる平野のなかを曲がりくねりながら流れ、やがて山地にかかり、深い森林をくぐり抜け、けわしい渓谷をつたわるようにはいのぼってゆくのだろう。それをたどる旅は隣国であってもはるかな遠国への旅のように果てもないものに思われてならない。すでに老残の身である。しかし、命絶えてもそこにたどりつきたい……。

決心して五日後、悪戸の長《おさ》をはじめ主だったものに「渡良瀬源流の旅」に出ることを告げ、さらに中田宿まで赴いて修次郎にも話し、礼次郎の墓にもうでて別れを告げた。

三日後、辰三郎は旅立った。

悪戸新田の先に下宮の渡《わたし》がある。そこまで悪戸の人や修次郎夫婦が見送ってくれた。

その後の辰三郎の消息を知る記録は残されていない。また古河県に提出した「わたらせ水防志」がどう扱われたかということもつまびらかでない。

その頃の行政管轄は猫の眼のように変転した。古河県は明治四年、印旛県となり、六年には千葉県管轄となる。古河城が取りこわされたのは明治七年だが、その翌年茨城県に編入された。明治二十二年には町村制度が敷かれ、中田宿は茨城県猿島郡新郷村となった。そんな変転著しい行政機構の変化のなかで、粗末な紙百枚ばかりを綴った「水防志」がどう扱われたのかわかったものではない。

辰三郎の消息の絶えた以降、明治中後期になっても渡良瀬川の氾濫はおさまる気配はなかった。

明治二十二年九月、二十三年八月、二十七年八月と洪水による堤防破損が続き、明治二十九年七月にはしつこい霖雨《りんう》のため大洪水となり、古河、新郷一帯は水に浸かった。

その後、三十一年、三十九年、四十年にも渡良瀬川のいくつかの堤防が切れた。

明治四十三年、八朔の荒天は週余におよび、利根川をはじめ渡良瀬川をふくむ利根川水系各河川の多くの堤防が決潰し、家屋、田畑の損害はもとより死者が多数出た。

その同じ明治四十三年、渡良瀬川改修事業が国会で議決され、内務省の直営工事として着工、十八年の長きにわたって行われた。堤防延長二十一里（約八十キロメーター）、総工費千百四十万円であった。工事のなかには渡良瀬川の河身変更もあり、その結果、古河城址、辰三郎夫婦が晩年をすごした悪戸新田は河川敷となり、増水時には水底深く沈んだ。渡良瀬遊水地の造成もその事業のなかにあった。遊水地にされたのは、悪戸新田隣接の地の谷中村であった。その頃すでに足尾銅山から流れ出た鉱毒は渡良瀬川流域に甚大な被害をもたらしており、田中正造を指導者とする問題究明と損害補償の激しい運動が展開されていた。谷中村の遊水地化は鉱毒対策の一つとして行われたのだが、百年後の今においても、立ち退かされ、故郷を失った村民の怨念が渡ってゆく風の底で奥深く鳴っている。

去年《こぞ》の雪

塩田全美

「似っだあ」

悠子と眼が合うと和之は瞬時にそう言ってじっと悠子を見つめた。三十五年前に別れた息子との再会であった。大きな目と、顔の輪郭が思いがけず自分に似ている。小さいときは父親によく似ていた筈なのにと、悠子もまた自分のイメージとは違う顔立ちの息子を見つめた。

「本当に」

思わず笑顔になって悠子は和之に歩み寄った。和之に会うまではテレビドラマで見るような母子の再会場面を想像して、もしかしたら泣いてしまうかも知れないと思っていたのだが、実際に会ってみると全く涙が出なかった。泣かないのは自分が薄情だからではないかと、悠子は少し後ろめたい気がする。

二か月ほど前のことである。もう一生会うことは叶わないだろうと思っていた息子の和之から、悠子が所属する団体の事務局あてに連絡があった。団体が運営するホームページに悠子の名前を見つけて連絡してきたらしい。

「事務局にこんなメールが届いていますが心当たりありますか」と訊かれ、メールの文面に目を通す。そこには「仲野悠子さんの文が読みたいので掲載誌を送ってください」と書かれていた。そして悠子は、記載の住所を見たとき、そのメールが間違いなく和之から送信されたことを知ったのである。

驚きと喜びと多少の困惑が入り混じった複雑な感情が悠子を襲った。

悠子の困惑は現在の夫に対するものである。夫から求婚されたとき、悠子は自分の過去と和之の存在を打ち明けた。だから自分は結婚できないと断ったのだ。過去を聞いて諦めるかと思った夫の答えは悠子の予想に反したものだった。

「子どもが産めないとでも告白されたらどうしようかと思ったよ。子どもが産めることが分かって良かった。過去の話は俺ひとりの胸におさめるから誰にも言わないでくれ。勿論、将来、俺たちの子どもにも」

以来三十年、夫婦の間に悠子の過去が取り沙汰されることは一度もなかった。二人の娘にも悠子の過去は封印されたままである。

悠子は悩んだ。だが、悠子との接触を求めてきた和之を無碍にすることはできない。否、悠子自身、別れた息子に会いたいという誘惑に勝てなかったのである。

悠子が和之に連絡をして、近々、上京するという和之と会うことになった。

その日、悠子は夫に、ゴルフの帰りに友だちと会食の約束があるからと断って家を出た。和之が山手線の高田馬場駅の近くの友人宅に泊まるというので、ビッグボックスの前で待ち合わせた。

悠子が和之を置いて嫁ぎ先の鶴岡から出奔したのは、和之が二歳のときである。それから一度も会っていない息子を、果たして自分が見分けられるかどうか。悠子は不安だった。無論、幼い和之が母親の顔を記憶しているわけがない。

「私は、ゴルフの帰りなので、大き目のバッグを持っています」悠子が携帯電話でメールすると、ほどなく和之から、

「僕は、赤い革ジャンを着ています」と返信があった。

結局、赤い革ジャンやバッグの目印がなくても互いに相手をすぐに見つけられたのであったが。

悠子は二十二歳のとき、望まれて山形県の鶴岡市内の小さな旅館の長男と結婚した。東京に生まれ育った悠子が、訪れたこともない東北の旅館に嫁すには非常な決心が必要であったが、ずいぶん悩んだ末、結局は大人たちのお膳立てに乗ったというのが本当のところである。

昭和十九年、悠子は後妻の長女として生まれた。父は書道家であったが、肺結核を患い長い闘病生活を送っていた。悠子が小学校に入学したとき、父はすでに療養所暮らしだった。ようやく退院したのは、悠子が高校に入学する年であった。家は貧しく食べていくのがやっとの生活だった。

母は先妻の子五人に加え、自分の産んだ子どもたち、悠子を筆頭に三人を育てた。母の生きがいは、偏に子どもたちの成長であった。悠子はこの母の期待を一身に集めて育った。悠子もまた自分が母の希望の星であることを十分に理解して期待に応えようとした。

悠子が十六歳の夏、母は胃潰瘍であっけなく逝った。せめて自分が高校を卒業するまで待ってくれたら、もう少し親孝行ができたのにと、悠子は早すぎる母の死を恨めしく思った。母を失った深い悲しみのために、悠子の心にぽっかり空いてしまった穴は埋めようがなかった。

昭和三十七年、悠子は大学進学を諦めてテレビ局に就職した。ここで和之の父、悠子の初婚の相手である達郎に出会った。美術大学で油絵を学んだ達郎は、テレビ局で番組に使う絵を描くアルバイトをしていた。いずれ鶴岡に帰って旅館を継ぐつもりの達郎は、東京できちんとした仕事を見つけるのに不熱心で安月給のアルバイトに甘んじていた。

達郎は、美術部のデスクにいた悠子を見そめ、部長職にあった男を仲人に立てて悠子に求婚した。悠子には自分が部長に可愛がられているという自負がある。物怖じせず、自分の意見をはっきり言う悠子に、部下から敬遠される立場の部長は、却って好感を持ったらしかった。

信頼する部長がもたらした縁談だった。部長は悠子に言った。

「君にはサラリーマンの奥さんになるよりも、自分で旅館を切り盛りしていく方が似合っているよ」

と。

悠子の父は、いずれ破綻することを確信していたのか結婚に反対した。しかし、悠子には母親不在の家から逃げ出したいという願望があった。加えて、ちょうどそのころ、悠子は自分の学歴や、家が貧しいことへの劣等感から、初恋に自ら終止符を打とうとしていた。初恋の相手への思いを断ち切るためにも決断が必要であった。

義父は、婚姻に熱心だった。悠子を息子の嫁に迎えるため手を尽くした。それは、賃金の要らない旅館の働き手として是非、悠子が欲しかったためであったが、悠子はそうした大人の計算になど思いも及ばなかった。

部長のことばを信じて、鶴岡に行った悠子であったが、ほどなく、この結婚が間違った選択であったことを知る。

第一に、義父が酒乱であったこと。第二に、夫の達郎が全く親の言いなりであったこと。悠子には休日はおろか自由な時間も無いに等しいことであった。そして、今にも蔽い被さってきそうな鉛色の空と雪が、悠子の気持を一層暗くした。

義父の悠子への執着は異常なほどで、何かにつけて茶の間の囲炉裏端に悠子を縛り付けずにはおかなかった。

酒を飲むときは、悠子に対する不満があるときと決まっている。例えば、悠子が呼ばれたのを気づかずにいたことや、義父に対する悠子の態度が気に入らないときは酔って悠子に絡み、深夜になるまで悠子を解放してくれない。義母や達郎がとりなして、ようやく解放されるのだ。悠子の舅に対する憎悪は日に日に募り、不甲斐なさから夫をも厭わしく思えるのであった。

夫の達郎は、全く頼りにならなかった。義母は旅館の働き手は女と決めてかかって、達郎に朝寝を許していた。達郎が市内のデザイン会社で形ばかりの務めを終えて帰ってくれば、すかさず酒を出すのである。流石に義父のようになることはないが、達郎は毎夜のように酔って悠子の身体を求めた。

疲れている悠子は拒むが、執拗に求められると、早く眠るためには夫の要求に応じるしかないと諦め、身を投げ出すように求めに応じた。もうどうにでもなれというやけばちな気持であった。

悠子の中では毎日が破綻に向かっていた。逃避ばかりを考えるようになる。夫から、義父から、そして雪の降る町から。

和之を身ごもったのはそんなときだった。どうしよう。この子を産んだら一生この土地から離れられなくなるだろう。悠子は妊娠を呪った。悠子は腹の子が流れてくれることをすら願った。お膳を持っての階段の上り下り、客の布団の片づけ、長い廊下の拭き掃除に励んだ。しかし腹の子は丈夫で、しっかりと胎内にしがみついていた。

産褥の間、悠子は旅館の敷地内にあるバラック小屋のような建物で家政婦と過ごした。姑は、家業を理由に赤ん坊に産湯をつかわすこともなく、すべてを家政婦に任せた。悠子の乳房は産婦になっても膨らみを欠き、母乳の出る気配がなかった。家政婦はそれを憐れんで「栄養も足りない。あの気難しいお義父さんじゃ神経が休まる暇もないでしょう」と言った。

悠子は隣近所との付き合いすらままならなかった。赤ん坊の和之を抱いて裏庭の陽だまりにいると、同じころに出産した隣家のお嫁さんに出会った。「遊びに来てください」と言われて義父母にそのことを話した。しかし、義父は何故か悠子が近所の人たちと交わることを嫌い、許してくれなかった。唯一、悠子が遊びに行けるところと言えば、旅館から歩いて十五分くらいのところにある達郎の姉の家だった。

達郎の姉は小学校の教師だったが、退職して二人の男の子を育てていた。義姉の連れ合いは中学校の体育の教師をしていた。非常に気持のよい人で、悠子にとってはただ一人気を許せる人でもあった。義兄は常に悠子の味方であった。義父も義兄の言うことは良く聞くので、義兄は酔った義父を静かにさせて悠子を義父から解放させるために夜間たびたび呼びつけられて、旅館を訪れなければならなかったのである。

和之が生まれるまで、悠子はいつも泊客が入ったあとで湯に入った。しかし、和之が生まれて後、義父は悠子に、客が入る前に和之と一番風呂に入るようにと命じた。悠子は義父の和之に対する愛情と有り難く受けいれた。

その日も義父は酔って赤い顔をしていた。

「悠子、ちゃっちゃど風呂さ入ってしまえ」

昼間の風呂場は明るかった。窓から陽が射して和之の顔を照らす。悠子が和之を抱いて湯船に浸かっていたときだ。突然風呂場の戸が開いた。ガラガラという音に驚いて悠子が立ち上がると、そこに酔った義父が立っていた。一瞬のできごとだった。義父はすぐに立ち去ったが悠子は自分の裸体を隠さず義父の前に曝してしまった。以来悠子にとって義父は厭わしいだけでなく、恐ろしい存在に変わった。

和之は良く太って日増しに可愛くなっていった。旅館には掃除と台所を手伝う女が四、五人雇われていた。和之はこの女子衆の人気者だった。言葉の発達が早く、回らない舌で女子衆に「あっねはー

笑う。

「あいや、和之ちゃんだば、お口が達者だごど」その場に居合わせた人たちは思わず顔を見合わせてん」と呼びかける。

二十五歳で和之を産み、あっという間に二年が過ぎた。三十歳を過ぎてしまえば自分は諦めてこの地に骨を埋めることになるだろう。和之はどうする。片時も離したくない。しかし、和之にとってどちらがいいのか。ここにいれば、住むところも、食事もそれに人手もある。将来、旅館の跡取りとして教育も受けさせてもらえるだろう。連れていくのは自分のエゴだ。

そして、悠子は或る朝、掃除が終わり、いつものように女子衆にお茶を出し、和之を中心にして下座敷が賑やかな笑いに包まれた時間、トイレにでも立つふりをして裏口からそっと外に出た。ふだん着のまま、つま革をかけた下駄を履き、毛糸のショールを肩にかけて。

鶴岡駅から汽車に乗れば、追手に捕まってしまうだろう。悠子はバスで酒田駅に出た。酒田から汽車に乗り、鶴岡駅で列車が停車している間、トイレに隠れていた。

「居ねぇのぉ」

「この汽車ではねぇよんだのぉ」

夫と義兄の声がした。悠子はトイレの中で息を殺した。

一年後、悠子の「何も要らないから籍だけ抜いてください」という言葉は、何より強い意思の顕れとして相手に取り付く隙を与えず、離婚が成立した。当然の結果として和之の親権は達郎が持つことになった。

悠子は良心に苛まれた。冷たい母親だと自分を責めた。周囲の人は、子どものことは早く忘れて新しい人生に向かうようにと悠子に助言した。

「ごめんね。あなたを置いてきてしまって。でもあのときは、そうするしかなかったのよ」

「仕方ねえど思っている。俺も祖父ちゃんがらは殴らいだごどもあるし、祖父ちゃんどごだば好ぎならいねっけなぁ」

「新しいお母さんとはうまくいっているの」

「うん、俺が高校生のとき、夏休みにドラムの合宿さ行ぎでえって言ったば許してくいだ。お陰で音楽好ぎさなって俺は救わいだなやの。うん、俺は音楽がら育でらいだようなもんだ」

「俺、中学さ入って四日目で親父死んだよ。四十三歳だっけ。お祖母さんも、お祖父さんも死んだ。残ったなは血の繋がってねえ母ちゃんだけだ」

「お母さんは子どもを産まなかったの」

「うん、子どもは俺一人だ」

「今でも旅館、やってるの」

「うん、建て直して、なるべく人手かがらねよいしてやってるの。ご飯は食堂さ食べ来てもらうどがして」

「お義姉さんたちは」

「伯父さんは亡ぐなってしまった。伯母さんは元気だよ。俺がお母さんさ会いにきてるごどは伯母さんさは言ってある」

「そう、伯父さん亡くなったの」

「うっだぁ、俺は小ちぇどき、あの家の三番目の息子みでして面倒見でもらったなやのぉ」

「そう、好い人だったわよね」

和之は悠子が自分を置いて家を出たことを恨んではいなかった。それどころか当然のこととして受け入れてくれていた。和之に悠子のことを悪く伝える者はいなかったのだろうか。悠子は救われた気がした。

和之は結婚して二人の息子がいるという。旅館は継母が切り盛りしているため、ドラマーとして、鶴岡と東京を行き来しているとのことであった。

それを機に、和之は、上京の度に悠子に連絡をしてくるようになった。初めて会ったときは黒かった和之の髪が、あるとき金髪に染められていて悠子の度肝を抜いた。バンドの公演でドラムを担当するため舞台用に染めたらしい。その日はドラムのスティックを持ってきて悠子に自慢らしく見せた。

和之はしきりに父親のことを訊きたがった。まるで父親のことを訊くために悠子に会っているように見えた。

「死ぬ前はアル中で手震えっだっけ。震える手で親父は絵筆握ったっけ。手震えて思うように絵描がいなぐて泣いっだよいして見えっけ。俺が小ちぇどぎ、朝間、小っ早ぐ親父と犬の散歩さ行ぐど、自販機でワンカップどご買うなや。朝から酒呑まねではいらいねがったあやのぉ。魚捌いっだどぎ、包丁持つ手震えるがら左手で押さえだっけ。のお、本当はや、親父の絵の才能、どうだったなや。油絵はそこそこ巧いがっだあんろ」

和之の眼は悠子に相槌を求めていた。悠子は一瞬迷った。

きっと幸せにするからと悠子を雪国に連れて行き、環境に慣れない悠子を庇うこともせず、放置した夫。だが、今の悠子にとって達郎は去年の雪に等しい。怒りも恨みも消え去っていた。和之の気持を迎え入れて嘗ての夫を褒めてやるべきか。だが、悠子の口をついて出たのは、

「まあ、美大を出たのだから、普通の人よりは巧かったでしょうよ。でもね、絵で食べて行けるほどではなかったわね。第一、気持が弱くて酒の誘惑に勝てなかったし」

和之はそれでも諦めきれずに、母親である悠子が自分の父親を愛した証拠を探すような眼で悠子を見た。しかし、悠子には、和之を喜ばせることばが見つからなかったばかりでなく、一瞬、意地の悪い感情が迸った。

別れ際に、和之がぽつりと言った。

「お母さんは宇宙人みでだ」

悠子は、和之にとって自分が去年の雪となったことを感じた。

鷹丸は姫

谷口弘子

まうさま（父）が私を鷹丸と呼ぶようになったのは、私が八歳の時からである。私はその年に生死にかかわる熱病に罹り、あやうく一命を取りとめた。

高名な医師達の懸命な治療と、出来る限りの投薬にもかかわらず、病後はすぐに熱を出したり、風邪をひいたり、食欲がなかったりの虚弱体質となってしまった。

百合と名付けられた私の生来の雪のように白い肌が、ますます透けるように、かげろうのように、体格も細いままで見るからに弱弱しい姿であった。

そんな僅かなことでも傷がついてしまいそうなはかなげな私に、父は名前だけでも男子の鎧を着せて、守ってやりたいと念ったのにちがいない。

鷹丸という名前も、幼い頃から父に教えられた書状に署名をすることもその表れである。

摂関家筆頭、松園《まつぞの》家の当主である父成明《なりあきら》は当時関白職にあった。公的な書状は別としても、父は私に大切な手紙を書かせる。父の書いたものを手本として、私がそのままを写すのである。

書面をそえさせていただきます。

稲の実二石《こく》持たせました。そのうちお伺いしまして、直接申し上げます。

かしこ

鷹丸

霜月七日
鳳《ほう》さまに

鳳さまは私の祖父松園久永で、出家して鳳山と名のっている。

わが松園家も武家が台頭してきた時期、時代の移り変わりへの対応には、大変な苦労があったようだ。祖父は伊田成孝が、全国をほとんど制覇しようという時に、家臣の明戸光平に奇襲され炎の中で自刃して果てると、まさにその日に落飾出家したのである。

生前、伊田成孝は松園家に対して好意的であった。父の成明の「成」の字は伊田成孝の一字を継承している。父が十三歳で元服の時、加冠の役を伊田成孝が自らかって出、それは成孝の京屋敷で行われ、諸家一人残らず出頭するという盛儀であったという。

そんな深い関りがあったので、成孝自滅のあと祖父はすぐに出家し名も鳳山と改めたのである。

祖父は父と違って私のことを鷹丸とは称さず、姫公《ひめぎみ》という。私が病気に罹ってやがて小康を得、快気祝いの宴が催された日も、祖父が訪れて幼い私と睦じく他あいないことを語り合った。祖父は屋敷に帰ってからも、私の話を反芻したという。

こんな頃の秋の夕べに琵琶法師の語る「平家物語」を聴いた。場所は宮中内裏の中宮の居間であった。時の帝の中宮久子は、私の父成明の妹である。

秋の陽はすでに山の端に落ちて、部屋の灯台に火が入り揺らめいている。

くすんだ金色の衣裳をつけた盲目の琵琶法師が、障子を背にして語りはじめた。哀しげに演じて重々しげな調べである。私にもおぼろ気に理解できた。

二位尼やがていだき奉って
海に沈みし御面影
目もくれ心も消えはてて
忘れんとすれども
忘られず

壇浦での一門滅亡、とくに先帝入水の場面を、安徳帝の母建礼門院が大原の庵室で思い出しているところの語りとなった時、私は思わず悲しくなって泣き出してしまった。

部屋には中宮久子叔母、祖母栄菖院、公卿の後室（未亡人）楊樹院や、天地有吉に仕えた女性で、ことに北政所の信望が厚い更蔵主《こうぞうす》他、宮中の女官たちが見物していた。

祖母はいかめしいいし、叔母はすましこんでいる。そんな私を楊樹院が優しく抱き寄せてくれた。

父はこの日、祖母や叔母に初めて逢わせようと、楊樹院を招いたようだ。造詣が深いというので、楊樹院からは、そののち私は「源氏物語」の読みや意味を教わることになった。

父は早速に源氏物語の「賢木」の手本を私に書いた。源氏が野宮《ののみや》に、娘の斎宮とともに伊勢に下るという六条御息所を訪ねて、二人が和歌を贈答する場面である。なかなか父のように整った字を書くのは難しい。父よりも楊樹院さまに褒めてもらいたくて、私は一心に何度も下書きをし、それを清書する。

土塀に囲まれた屋敷のうちで、父の住む母屋の棟と、私の住いは別である。

雪の降り積った日のこと、私の住いの風呂の焚き口が雪にとざされてしまったので、侍女のふじが父のところへ報せにいった。すると父は早速手紙を書いて、私に署名だけさせて、それを従者に楊樹院のところへ持っていかせた。

雪が降りまして、こちらの風呂が焚けなくなりました。鷹丸公《ぎみ》を風呂に入れてやりたく、お振まいいただきたく存じます。

御都合がおありでしたら、どうぞ無理をなされないでください。

かしこ

臘月十一日

鷹丸

（陰暦十二月）

楊樹院国師さま

父は自分の手紙に署名だけ私にさせるのである。優婉な楊樹院に、国中ですぐれた人物という意味の国師などと敬称を奉るのはどうかと思うが、案外父の本心なのかも知れない。

楊樹院が源氏の講義で私のところに来たあと、私の家の犬が仔を生んだので報せたくなり、父に手本を書いてもらった。

つつがなくご帰館いただきましたでしょうか。まう様のこと、よろしくお心にお掛けいただきたく、お願い申します。

犬が子を四疋儲けました。いずれも白でございます。

見ていただきたいと思います。

次においでくださる日を、待ちかねております。

屏風はおいちゃの気に入りましたでしょうか。聞いていただきたいのです。

更蔵主へも色紙短冊はいかがでしたかとお尋ねの伝言お願いいたします。

鷹丸

八月二十六日

楊樹院さま

これは何度も、なるべく父の手本に近づけるように下書きをした。

おいちゃは滝川家基の側室であり、更蔵主は天地有吉亡きあと、剃髪した正室の政所に従って、洛中の天祥寺に住んでいる。

楊樹院は武家の女性たちとも信交があるようだ。父はまた楊樹院に逢いたくなったのか私を誘う。

ままをくい候て、ゆをあみ、こくしへまいりたく候。いかが候はん哉、御だんごうにて候。
かしこ
九月二日 まう
鷹丸殿

父と私はそれぞれ輿に乗って、楊樹院の邸に出掛けた。東の大路を真直に進み、南へ少し下ったところにある。私たち父娘は暖かく迎えられた。父は楊樹院と親しく話を交すのを無上の喜びとしているようである。私は生まれるとすぐに母と死別したそうなので、母を知らない。父とそれ程年の違わない楊樹院に、母の面影をみる思いがして慕わしく懐しい。侍女たちによって、珍しい菓子や果物が高杯に乗せて運ばれた。

華奢で繊細で痩せ姫の私は、瞳だけ大きくきらきらさせて父の話を聴いていた。

「あなたさまが薩摩に左遷されておられた折、滝川家基に請われておられました源氏物語の揮毫をお断りなさいましたそうですね」

　楊樹院は源氏物語に堪能であるだけに、そんな話題に興味があるらしい。

「調度に胡蝶の巻を書くつもりをして、料紙など、先に請け取っていたのですが、冬に煩いましたので、書くことが出来なくなりましてね」

「しょうえんさまは、胡蝶の巻のどの文をお書きなさるご予定でしたか。私には興味がございます」

　楊樹院は父の松園《まつぞの》を親しみを込めて、しょうえんと称ぶ。父が説明すると、

「やはり紫の上と、秋好《あきこのむ》中宮の春秋争いの歌のところなのですね。しょうえんさまの流麗な書が手に入らず、さぞや家基どのもがっかりなされたことでしょう」

　父は私の祖父久永に従い、故あって幼少の頃に都を離れ諸国を流浪した。その間朝儀についての学習が欠落したものの、公家社会の恒例として、正月四日間「源氏物語」の初音の巻を読むことなどが、自然に身についていた。

　父が薩摩に流されたのは、二十九歳の時であったが、その原因が何であったのか、二年後にどうして京都に帰えれたのか、それから二年後に私は生まれたのだが、そんな事が話題になった。晩夏の夜が更けて、帰路につく頃には満天に無数の星が耀いていた。

　伯母の寿貞さまから土筆《つくし》が送られてきたので礼状を書く。

土筆をありがとうございました。
たびたびのお心づかい、ほんとうに
感謝しております。
三月五日　　　　　　　　　　　　鷹丸
寿貞伯母上さま

父の書を手本とした。

伯母の手紙には、お茶の会をするので私にも来るようにと書かれていた。

厳《いかめ》しい門もなく、竹垣をめぐらした女ばかりの庵は、庭も屋内も清々しく整えられている。ふじが供をしてきた。今日は伯母の招きで楊樹院さまもきている。更蔵主とおあちゃとそれに久子中宮付きの官女縫、もうひとりの叔母月光院。

最初に私が伯母の手ほどきで、一服の茶を点てた。そのあと次々に点前をする。炭をついだり、香を燻いたり、私は疲れてくると座っているのが辛くなる。

そんな時、父からの書状をたずさえて使いがやってきた。


いそぎいそぎ御かへり候べく候。

なにとてをそく御かへり候哉。

鷹丸公　　　　　　　　　　　　　　　　　　　まう

私は救われたように、座を立つことが出来るのであった。

父のところには始終進物が届けられる。

鱚《きす》というとと卅、持参させます。
十ばかりふうをして、楊樹院にお裾分けしてください。
ゆかしい贈り物という程のことはありませんが。　かしこ
　後の便では、伊佐木《いさき》とと、また持参させます。めでたくかしこ。
鷹丸公《ぎみ》　　　　　　　　　　　　　　　　　　まう

食通の父に私は父の好物を尋ねたことがあった。
「まうさま、私には知っているのもありますが、知らない物もありますので、絵に画いてください」
そういうと父は、巻紙を展べ、
鱧《はも》、鱸《すずき》、鮟鱇《あんこう》、鮎、鮑《あわび》、海草、他に白鳥や雁、松茸、瓜、蕨《わらび》、茄子、蓮根、密柑、葡萄など画き、
それぞれに名を書き入れてくれた。

この日、父が屏風に揮毫をした家からといって、父の好物の蓮根と、盥にいっぱいの河魚が送られてきた。

早速料理をさせて味わってから、父は礼状を書く。見ていると父は、とりわけの事といい、言語道断の肴という。言葉には表現できない、極上無類の美味しさであったということらしい。私が実際のご馳走を前にして、ほんの少々しか食べないのを見ると、父は全く悲し気な顔をする。

父は祖父の久永が京を留守にしていた、まだ元服前の十二歳で、自ら新春の和歌会を催したという。祖父は伊田成孝が、蓮生寺の変で明戸光平に攻められ自決したあと、ただちに出家し成孝の菩提を弔って、嵯峨野に念仏の日々を送ったのち、その後は追われるように、京の南醍醐山に蟄居した。それからまた次には、東国三河の滝川家基を頼って下向するのである。祖父は家基とは昵懇の間柄であった。

絶対的な権力者であり、松園家にとって絶大な庇護者であった成孝がいなくなり、またたく間に天地有吉の時代となった。祖父には有吉に対して肌合いを異にするような馴染まない思いがあったようだ。

父成明は十八歳で実質的な当主となった。祖父の鷹と馬への執心はつとに有名であったそうだが、父もまた時には供の者を連れて、馬を馳せ鷹狩りをした。同時に学問にも精を出した。そうして経済的な建て直しの責任もあった。

権力者となった天地有吉は、公卿の官位であった関白を望み任命される。後、その位は有吉の甥有継に譲られ有吉は太閤（父に代って関白となった者が、その父即ち前の関白を呼ぶ尊称）と称した。

有吉は自分が関白職に就き、やがては松園家に返すという約束であったが、そんな事は忘れたかのように甥に譲り、その上帝の弟を猶子に迎えた。後継者にするためである。やがて有吉が五十四歳で男子が生まれたので、親王には新たな宮家の称号を申請し創設した。朝廷をも私物化する天地有吉の動きである。

摂関家も松園家も父も疎外された存在となった。そして父は懊悩の末、有吉が朝鮮出陣するのに従い、武辺の奉公に出ようと、肥前名護屋に渡る。年末から明年三月半ばまで滞在し、京に帰る。

帝から中宮久子の兄にあたる父成明に書状が遣わされた。


朝鮮に出陣するなど、もってのほか、人材不足の今、ましてや摂関家一流が断絶の危機に瀕しているというのに、何ということですか。高麗に渡ることはなりません。


これと同じ趣旨の書状が有吉にも届けられて、そのあとおもうさまはどうしたか。参内も公家衆との参会もせず、太閤有吉の許にも出向せず、京の道を武家の恰好をして歩いた。狂気の人とまでいわれた。

何かと有吉は父の行跡をあげつらう。有吉を頂点とする体制にとって、父は迷惑至極の存在と見られた。摂関家当主であっても関白になりたい、といった考えを持ってくれては困る。

天皇のお側近くにいて、学問と文芸のみ、武家と競い合わないこと、武家にとって無害のところで、おとなしくその才能を発揮すればよいのだ。ましてや武士のような様子をして、朝鮮渡海を企てるなど、まったく言語道断で迷惑でしかない。

今や摂関家などというものは、衰退消滅すべき階層、その筆頭の人物であり、公家の粋を越えて武家に進出しようかという目障りな人物であるから排除する。この見せしめにより、成明のような行動に出る公家はもう出ない、根絶やしにできる。という有吉の考えであったのだろう。

そうして有吉はおもうさまを罰するのである。本来ならば、切腹させるところであるが、特別に遠国薩摩への配流ということに情状酌量したという。有吉が決定した既成事実を、勅勘という形式にして、有吉が命じるという周到なずるい手続きをとっていた。

この頃おまうさまは二十代後半、私はまだ生まれていない。このようにして父は薩摩に流された。しかし滞在中、父はそれほど悲惨な生活ではなかったようで、二年の後赦免されて帰京することとなる。

有吉の掌中の珠である有頼が、有吉と共に重臣を従えて参内し、高い位に叙された。有頼はわずか四歳であった。

父の赦免は有頼の参内の故であったが、父の配流の意味がこれで消失したということらしい。

往路には顔を見せなかった地方の藩主たちも、帰路には打って変ったように一族で出船を見送り、なごりを惜しんだそうだ。およそ二か月半に及んだ帰京の旅は、はなやかで賑やかにつづいた。

宿は藩主の館であったり、城中や城下町の邸や、あるいは寺院だった。一か所に望まれて十日も滞在することもあったという。

道中は四国に寄ったり、小島に渡ったりと瀬戸内海の航路や陸路をいった。

ある時は和歌会を催したり、座敷能を演じたり、城主の笛と父の太鼓で「老松」を演奏し、夜には乱舞（能の演技の間に行われる舞踊）がなみいる人と共に行われた。

次の領主からも「ぜひお渡りください」と切望され、父は領主自慢の屋敷を一覧してまわる。おまうさまは馬や太刀を遣わし、領主からは銀十枚と砂糖四樽、領主の妻女から沈香二斤、子息からとして白地の繻子や唐墨四丁が贈られたという。一族のうち、帰る人あり、訪れる人あり踊り、唄い、花火も打ち上げられ、父が茶を点てて振舞うこともする。

父はこれらの旅の様子を日記に書き綴っているのであった。父に随行した従者の出家者墨斎も記している。私はひ弱な身であるゆえ、旅に出ることなどかなわず、父の手許にある日記をひもといては広い海を想像したり、武士の住む城を思い画いたりした。勿論父に直接話を聴くこともある。

それからまだ父の旅はつづく。

海上が荒れて港の近くに十日余りも長逗留することもあった。陸路となって鹿毛斑《かげぶち》の馬に乗っていく。土地の藩主から迎えがあったのだ。藩主の母の熱心な慰留によって逗留する。父は紅花《べにばな》二貫を贈呈している。

辺鄙な港の漁師の村では宿とする家がなく、ようやく古寺を見つけた。供の者が塵を払いところどころに畳を敷いて急場を凌いだりした。尾道ではお酒を買い込んでいる。父はお酒も大好物である。六斗五升で十文目という、船賃は二文目とか。

八月の風も爽やかな海上を、心も明るく父達は高砂の松など眺めながら、難波《なにわ》の浦伝いに大坂が近くなると、船子どもの唄う声も賑わしくなる。

ついに大坂に着船。二か月の長旅であったという。松園家の門前は市が立ったような有様であった。あたかも枯れたとあきらめていた樹が、春になり一斉に芽吹いたようなと人がいう。

太閤有吉は、二人の使者を遣わして、父を出迎えさせた。父の流罪はすっかり水に流された。それどころか凱旋将軍のようだ。

往きは三十七日であったが、帰りは倍近い六十七日間もの日数をかけている。往きも決して惨めな様子ではなく、摂関家筆頭松園家当主にふさわしい豪勢なものであったが、復路は天下晴れての無罪放免であったから、藩主や前藩主や重臣や、それに母堂や奥方連中も、父を下へもおかぬ持てなしをした。

二年半の都の不在からすぐには復帰は無理であったが、父は徐々に公家の一員として、いや摂関家筆頭の当主として公務に就いていった。正月の和歌会にも出席し、禁中での行事をこなし順応していく。

慶長三年は特別の年となった。五月六日に私百合が誕生する。太閤有吉の一子有頼が、大阪から伏見城へ移ったことを祝って、勅使以下、公家、門跡、諸国の大名たちもこぞって顔を揃え、盛儀であった。五月十七日父も列席したが、私が生まれて気持も晴々していたのかも知れない。

この年の八月十八日太閤有吉は伏見城で死去した。

滝川家基は慶長元年に内大臣となっていたが、その上の関白になって、公家の列に自らを置きその筆頭に立とうとは考えない。あくまでも武家として、天下を掌握しようと思っている。慶長八年に征夷大将軍に任ぜられ、江戸に幕府を開く。家基は「禁中並公家諸法度」や「寺院法度」などを次々に制定していく。

先に関白に就いた十条晴澄が辞任し、父に関白の詔が下った。父四十歳、私七歳の七月であった。薩摩へ配流の際に、叔父に預けていった大切な記録類の入った長櫃も返却してもらった。典礼故実が最も大事、すべてに優先され、すべてがそこから始まる宮廷生活であるゆえ、一《いち》の上《かみ》である父にとっては、この記録類や日記は必要不可欠の武器である。

関白宣下の儀式が行われ、父はつつがなく重職を勤めあげ、一年数か月で次の公卿に関白を譲った。年が明けると、おまうさまは江戸に向かって旅立った。他の公卿衆もそれぞれに競って江戸に向かった。江戸幕府の将軍滝川家基を見舞うためである。全国制覇を目前にして、蓮生寺の変により自滅した伊田成孝のあと、一時関白にも太閤にもなった天地有吉もすでに亡く、今では滝川家基が天下を治めていた。

京よりおよそ十日で江戸に着く。父から度度手紙が届いた。

ご飯を三杯、湯の子（おこげの湯漬け）一杯。ささげ豆ありったけ、干鯛おなじ、削り物（鰹《かつお》、鮑《あわび》、蛸《たこ》、昆布などを乾燥させ削って食べる物）もありったけ、鯨の汁三杯に菜汁一杯、香の物五切れ、蓼《たで》の葉十枚。食べ申し候。御恥ずかしく候。かしこ。

ままようくう人

鷹丸どの

次の手紙。

六日は四度、ご飯を同じ程ずつ食い候。いろいろ取り合わせて、薫物を入れためしつぎに、二つばかりも候べく候。

かしこ

一鳥ぎみ

○

父は自分の名を○で済まし、私には一鳥と書いていたりする。

次は少し長い手紙である。

今日までは天気もよく、何事もなく小田原をさして下ってきました。江戸へは十七日八日の間に着く予定です。

留守に、京の松園屋敷へ留守見舞に訪れる人があろうが、その名前と届け物をきちんと侍従の左馬助に記録させること。

また北野天満宮の紅梅院草苑から依頼されていた和歌も一緒に送ります。これは富士山を詠んだ和歌で、始めて富士を見、山容に驚くばかりであった、一点の浮雲もなく、言語道断という気持の歌ばかりです。

見たいという人には紅梅院のところで写してもらってお見せください。

鷹丸公には、よく手習をしておいでだろうね。それなればいい子、いい子。可愛いい子だよ。

かしこ

まう

鷹丸公《ぎみ》

私も父に手紙を書いた。大方は父が手本を書いてくれて、それを私が写すのであるが、不在ならば仕方がないので一生懸命に筆をとった。

江戸に下って滝川家基をお見舞いなされた折、おいちゃにもお会いなさることがありましたら、お礼をいっておいてください。

おいちゃは、私のところを訪れる度に、私にお手玉を進上してくれたり、私の御所人形の着物や帯や襦袢まで縫ってくれたのです。

かしこ
百合

まうさま

約一ヵ月の江戸滞在中に、父は隅田川の河畔にある梅柳山梅若寺を訪れた。梅若丸伝説のその悲劇に心惹かれ、父は逍遥を思い立ったという。

父はこの寺の梅若寺という名称を木母《もくぼ》寺に改名したという。木母は梅の異名なのだそうだ。寺主はうやうやしく応諾し謝したという。その時父は小枝を折って叩いて作った急場の大筆で扁額に揮毫をした。また詠草もした。

私は父の手紙で柳の枝で筆を作り書いたというのに興味を覚え、真似をした。今、楊樹院さまに習っている源氏物語の、源氏が初めて幼なかった紫の上に逢う「若紫の巻」について書いた。

若紫はこの場面では、白い下衣に山吹襲《がさね》の馴れたのを着ているが、私の普段着も白い下衣に私の好きな色彩の撫子色や桃染、菜の花や露草色の模様のある襲を着ている。私の好みでふじが選んでくれるが、私はそれほど着物に執着はない。

髪も毎朝ふじが丁寧に梳き、垂れ髪を白元結《しろもつとい》で根を結んで仕あげる。このごろ笄髷《こうがいまげ》という髪型が流行ってきたといって私の髪でこころみる。

一ヵ月の江戸の滞在から父は二月中旬に帰京した。まだ新年の挨拶をしていなかったといって父は参内した。つねの御所でご対面し、お酒をいただいたそうである。父からの江戸みやげは「さたけ紙」二十束であった。私にもおなじようにさたけがみの土産があった。

春になると屋敷の庭園に糸桜があでやかな花をつける。今年はこの時期に父は能を演じる催しを行うことにしていた。

庭園の一所に能舞台があり、屋敷の部屋を開け放して見物できる。祖父の久永、祖母の栄菖院、中宮久子叔母もお忍びできている。伯母の寿貞、女官の縫上臈、更蔵主、楊樹院、公卿や寺社人や役人たちも招かれている。

古びた能舞台の背景に画かれた松の模様は色褪せているものの、床や柱は磨き込まれて演者の姿を鏡のように写し出す。今日の演目は、

羽衣、隅田川、綾鼓の三番であった。

「羽衣」の謡いで、(天《あま》つ風雲の通路吹き閉じよ乙女の姿しばし留まりて……とか、最後の富士の高嶺、かすかになりて　天つ御空の霞にまぎれて失せにけり）と天女は消えていくところが私には興味があった。

現実には庭の糸桜があえかに咲き匂っていた。

一番が終わると次の演目までの間に、お茶や菓子が高杯に盛られて出された。干菓子は桜とわらびと菜の花の形をしている。それぞれがお茶を喫み、語らいながら次の演目を待つ。

「隅田川」では、いつの間に身仕度を整えたのか、もうさまも地謡座に、謡の人達に混って座っていた。父は江戸に下った折、わざわざ隅田川のほとりの梅若寺に行き、お寺の名称を「木母寺」と変えてきた。梅を扁と傍《つくり》に分けたのである。梅若のお話はそれほど興味があったのだろうか。

まうさまの朗々とした声がひときわ響きわたる。私は辛い悲しいお話は好きではないが、父の声を聞いていると思いが昇華されるような気がする。

三つ目の「綾鼓《あやのつづみ》」が演じられた。

内容は、女御に恋をした庭掃きの老人が、鼓の音が聞こえたら姿を見せようという女御のことばを信じて鼓を打つ。しかし鼓は綾を張ったもので、音は出ない。悲しんだ老人は池に身を投げて死ぬ。やがて老人は怨霊となって現れ、なにゆえわが真実の恋をもてあそんだのかと女御を責める。

父は庭掃きの老人の役で、後半は怨霊となって演じた。

さなきだに闇の夜鶴の老の身に
老に添えたる恋慕の秋
心の闇を晴らすべき
頼めし人は夢だに
鼓も鳴らず

と謡いながら舞う。

まうさまは激しくいかめしげな相貌をした老人の鼻瘤大悪尉《はなこぶだいあくじょう》に変身し、半切《はんぎり》（金欄地に美しい模様を織った衣裳）に法被《はっぴ》の扮装がやりたくて「綾鼓」を選んだのかも知れない。

私は早々にふじと共にわが屋敷に帰った。あとは座敷を移して、おぼろ月に浮かぶ夜桜見物の宴となったようだ。


中宮久子叔母の二の宮が、父の養嗣子となった。松園家の後継者の決まることは、父の長年の念願だった。私より一歳年下で名は成宏という。父の屋敷に続けて新御殿が造られた。

今日は楊樹院の源氏物語の講義の日であったので、済むと父の屋敷にいった。まうさまは古書院の一の間で書きものをしていた。

床の間を見ると豪華な料紙に書かれた父の書があった。楊樹院と一緒に眺めた。料紙は金泥を主にして銀泥を少し交じえて、樹木、草花などが描かれ金砂子《きんすなご》をふんだんに撒いてある。

その上に源氏物語の夕霧の一節を抄写している。楊樹院がそれを清らかに読みあげ、途中から私に読ませた。

「いつも乍らの松園さまの美しいお筆づかいにうっとりいたしました。この段は特に自然の描かれ方が優れていて心惹かれます。暮れ方の深まっていくなかに、かそけき音が九個処もあるのも趣きがありますね」

楊樹院がそう感想を述べると、まうさまは笑顔を見せて、

「国師（天子から知徳の高い禅僧に賜わる称号。父が揶揄して時々そう呼ぶ）、あなたのご造詣の深さには敬服していますよ。これは成宏公《ぎみ》の手本に書きました。役目が済めば宮中に献上ということになります」

という。

「まうさま、私への次のお手本は源氏物語の若紫の段にあります和歌にしてください。なかでも私は桜の歌が好きなのです。桜を詠んだお歌は七首あったと思いましたが」

そういいつつ楊樹院を見あげる。

「よくお覚えですね。和歌は若草の段に二十五首ありますが、なかには若紫（のちの紫上）を象徴する草、初草、若草を詠みこんだ歌もありますね」

「はい」といったあとで私は好きな桜の歌を声に出していってみた。

父は宮廷への出仕もあるし、方々から多くの揮毫の依頼もあるのを知りながら、父にねだる。幼い頃から父は青蓮院流の正統の習字教育を受けて成長した。旧来の支配層であった堂上公家が、新興武家の権力に屈服させられ、体制に組み込まれていく。関白職さえも武家（有吉）に奪われてしまう屈辱の数々、罪のない父が薩摩への配流中、つれづれの日日に定家の懐紙を写して父は過ごした。定家の書は個性的で独特の書体で簡単に習えるものではなかったというが、父は禅の洗礼を受けたりしながら精進し独自の書的世界を創造していた。更に宋の張即之の風も学んで従来の和様に新風を開こうとしているという。

父が病床に就いた。私がまうさまを見舞うと父は病をおして手紙を書いていた。その書状を父は私に読ませる。後半の一部である。

煩いは三月より今にいたっています。駿府より万病によく効くといわれる丸薬を贈られ服用したところ一、二度の血痰をみましたが、灸治療も併せて、経過は良好で、万病丹は抜群の効き目があったようです。

成明（花押）

五月二十三日

山形城介殿

病悩に苦しみながらも父の書は何と勢のある字であろうか。一気呵成に、一瞬の間に書きあげるのである。暑い夏の季節になるとますます父の病状にも障るようだった。

その日も父は手紙を書いていた。

あなたは酒をお控えなさっているとの事、めでたいことです。私は三月下旬より煩い五月には生命の危機に瀕しましたが、家基よりの万病丹で取り直すことができました。けれども、今になっても完全に本復することは望めないようです。私は若い時から胸の痛みに散々苦しめられてきましたが、この度も胸を病み、それに腸も悪いとて痛みで夜も眠れない日がつづきます。私には皆が隠しているようなのです。あなたにお越しいただけるのを念願しています。

七月十一日　成明（花押）

島根少將殿

苦境に置かれながら、手紙の内容の心細さとは裏腹に筆線の勢は劣えず、私は圧倒される。

そのうちに出雲から見舞に訪れた少將左衛門尉から贈られた、大坂では今年は不作で貴重である松茸を、父は一入《ひとしお》悦んで折しも見舞に訪れた客に振る舞ったり、周囲に配ったりした。時には心遣いに対しても、病悩のため筆を執ることが出来ないときもあると父は嘆く。

八月末から九月初旬に危機があった。しかし以前から服用している鳳仙花の実や、熊の胃の薬、万病丹の験によって少し良くなり、和歌の会を開いたり、囲碁に興じたり、連歌の会にも参加した。

十月一日には無理を押して参内し、つづいて四日には上皇の仙洞御所に参上し、古今伝授のお尋ねに応じている。その間にも父は多数の色紙、料紙に古今集、新古今集、和漢朗詠集、後鳥羽院や藤原定家ら新三十六歌仙の和歌などを書きためている。

楊樹院が父を見舞うというので、一緒に父の屋敷に行った。

「桜が紅葉しはじめ、楓も葉先から薄紅《うすべに》が差してまいりました」

庭の風情をいうと父は楊樹院に、

「やがて秋も深まりますと、わが庭もわが里も韓紅《からくれない》に彩られて、紅葉狩ということになりましょうか」

至極真面目な応答をする。

「まうさま、今日は何の諧謔も出ませぬのか。お元気をお出しくださいませ」

「まろこそ、もう少しふっくらと楊樹院さまのようにはならないものかな。それでは柳が着物を着ている、はかない風情じゃものなあ。ま、それにしても今日のお二人の衣裳の何と華やかな、私の眼を随分楽しませてくれることよ」

二人の衣裳は、白地に蔦と紅葉と菊の模様が、地味と派手に色分けされ濃淡も工夫されそれぞれに染められているのであった。

父が二の間との襖を開かせた。そこには眼が醒めるばかりに華やかな屏風が飾られていた。私は思わず楊樹院さまと共に、六曲一双の屏風の前に寄って眺めた。金箔の上に右隻は咲きこぼれる白菊を中心にして草花を措き、左隻は波涛と雲、霞が描かれている。その上に源氏物語の和歌を書いた色紙を貼り交ぜにしてある。右は三十一枚、左には三十枚。源氏物語の七九五首あるといわれる和歌のなかから、父が選んだのである。金銀泥の下絵のある色とりどりの色紙は、すべて四行書きである。それが単調にならず、さりげなくまうさまの独自性が発揮されている。楊樹院さまも私もただ感嘆し、しばらくその場を動くことができなかった。

その後も上皇の仙洞御所で連歌の会があったようだ。参会者は父の仏門に入っている兄と成宏、天満宮宮司、父の近従の者、執筆《しひつ》は父に書を伝授されている武家、他数人であった。まず上皇の発句を父が受けて会は始められたという。父の華やぎの最後の日となった。あとの日日は屋敷で臥し、私以外は人に対面することはなかった。

十一月二十五日の明け方ついに父は力尽きた。十二月五日、父が書置に指示していた通り、禅浄寺において葬礼が行われ、同寺に葬られた。五十歳であった。

父は死の一年前に書置をしていた。それにはまず書き出しに、今宵死に候わばという言葉で始まっている。まうさまらしい単刀直入な言い方であるが、本当にその時には夜明けまで命が持たないのではないかと自覚したのに違いない。

最初に行き届いた葬礼の指示がある。引導は清空長老にとあるが、別になくても結構と付け加えている。ごたごたと焼かせてというのも、奉納の黄金二枚のうち、少しなりとも僧侶がたに取らせるようとも書いているのは、いかにもまうさまらしい気配りではある。

第二に私のことが書かれている。

三百石は鷹丸殿。成宏と仲悪くなったなら四百石。鷹丸の一世の分なり。(使用人を置くだけの余裕をみて)と父は暖かい配慮をしてくれている。同時に松園家のことと御霊殿への知行について。次も私に、物の本どもは好きなだけ私が貰っていいと父はいう。その他は成宏にゆずる。

その他父は三十人程の人の名をあげ、形見の品を考えている。祖母さまにも久子叔母にもまた親しい寺院の僧や公卿、医師、連歌師、武家も入っている。仏門の伯父には見台に、折本の法華経と、鳥の子紙に書写した「古今和歌集」を載せて贈る。仏門の叔母には、机に「源氏物語抄」四冊を添えて、とある。

天地有吉の遺児有頼には、鎧と轡《くつわ》とあるがこの二品は祖父鳳山遺愛の品のひとつである。同じく滝川家基の後継者家次にも轡であった。

有頼については、父にとって特別の親しみがあったのだろう。有頼の御袋よりの依頼で四十六枚の色紙を書いたが、二枚は不注意のためもったいないことをした。とか、有頼の御袋よりの歌集一冊を誂えて、月光院を通じて届けるが、不出来であるため（なぜかというと、寒さのため手がかじかんだので）春になればまた書き直しましょう。そのため料紙は残してあると、父から聞いたことがあった。扇子にも多数揮毫したようである。

有頼の御袋様は、有吉の側室桜君のことで、特に桜を好んだので、有吉が醍醐に於いて華麗な花見を催したのは有名であった。

鷹狩りで仕留めた鴨十羽、それにお酒三荷が有頼から贈られてきて、父が礼状をしたためていたこともある。

叔母の久子に壺一つ、銘が記されている。祖母栄菖院へは硯と脇差し、いずれもお目にかけて好みのものを。それに香箱一つ。

楊樹院には桃花紅すずり。桃果の肌を釉薬《ゆうやく》の発色だけで赤く熟《う》れきった色に出し、裏面はまだ熟れすぎずに青味が残っている珍らしい硯。父の秘蔵の品である。二つには葡萄型の食籠《じきろう》。三つ目は父がいつも飲んでいた愛用の茶碗。国焼の白天目で釉は乳白色。お茶を飲むたびに新しい貫乳が淡く新しく生じるという。そして内側の白い釉からは、しっとりした楊梅《やまもも》色の薫薬が、自然に湧き出してくるお茶碗である。

私は十七歳、綿毛につつむようにして私は父に寵愛された。しかし父はもういない。でも楊樹院さまとの交流はあるし、教わる事も多くある。父の残した沢山なお手本を毎日書き写していると、まうさまを身近かに感じることができるのである。

参考図書
。「三藐院近衛信尹　残された手紙から」前田多美子著（思文閣出版）
。「源氏物語」

最後の晩餐

中田雅敏

俊男の鯉

武蔵野という作品を書いたのは国木田独歩という作家であった。

その後、武蔵野は急激な人口膨張に会ってほとんどその面影を残している所はない。実際に武蔵野の林が失われてゆくのは、あの昭和の宰相、今太閤と称された田中角栄総理大臣が押し進めた「日本列島改造論」が現実化し、工業団地化と日本列島すべてにおける都市化が促進されたためであろう。

過日、ふとしたきっかけで川口市に住んでいる友人に出会った。川口は私に取って忘れることのできない思い出の町である。この町でだれかに出会ったとか、恋をしたとかいうことではない。夕暮れ迫まる頃にはこの町の空が一斉に赤い炎に包まれる。

あたかも火事が発生して、町の中から火の手が上がったような光景になる。その炎は町のあちらやこちらから、到る所に焔が立った戦場のようでもあったが、さすがに夜の九時頃になるとこの火も収まるのであった。

それでも町のあちこちに点々と残り、夜明けまで灯り続けるのも見えた。昭和四十年の頃である。映画「キューポラのある街」がその前年に上映されていた。

吉永小百合さんと浜田光夫さんが演じて、吉永小百合さんの美しさにうっとりと見惚れていた。荒川土手に自生していた榛の木の林の影で悪童たちがいたづらをしていた。泥舟が柴河を昇っている。舟の家には或る一室がしつらえてあって、加賀まり子さんが、これまた色白な胸肌をあらわにして横たわっていた。

この町は荒川と江戸川に挟まれた町であったために、台風時には市内を流れる川が氾濫して、町は水浸しになった。海抜零メートル地帯という言葉は流行語ともなった。町を流れる幾筋かの河は、潮上げの被害を少なくするため荒川を遡ってゆくと途中にいくつもの閘門が設けられていた。

町の北西部には、オートレース競技場があったので、町はそれなりに賑わって西川口駅という駅もあった。当然のことながらこの駅までの道には、夕暮れ時の夏の頃は羅を着た女性たちが若い男性に声をかけていた。夜ともなると赤や紫の派手なネオンが灯るのだった。

今では、この鋳物の街も高層ビルが建ち並ぶ、近代都市に変貌した。友人の孝男は、ここで何代も続く農家の長男であったが、いよいよ畑作ができなくなり、昭和六十年頃には勤めもやめてマンション経営に従事しながら、僅かに残った田畑を耕して汗を流している。

或る日、この友人から電話がかかって来た。

「どうだい、元気にやっているかい。めずらしい物を見つけたから遊びがてら一杯やらないか。」

「何をどこからみつけたのかね。畑から一両小判や大判が出て来たとでも言うのかね。一体何を見つけたのかね。」

「泥メンコだよ。丸いメンコが泥で固くなって、まるで泥の煎餅のようになっていた。泥をはがしてみたが、残念ながら絵の判別はできなかったが、江戸時代のものに間違いないよ。」

「そうかね、面白そうだからそのうちにお邪魔することにするよ。結構そういうものには興味があるんだが、今日はだめだ。」

と言って電話を切った。

江戸八百八町で遊んだ子供たちのだれかが後架に落したものを、肥桶を満載した汚穢舟《おわい》が隅田川や荒川を遡って来る。「ご隠居は長屋の糞でひと儲け」という川柳がある。大江戸八百八町から汲み出される糞尿は、江戸に流れ込む河川を遡って関東一円に運ばれ大事な農家の肥料となった。

明治の初期に滝廉太郎によって作曲された唱歌では「春のうららの隅田川、昇り下りの舟人が、櫂のしずくも花と散る」と歌われた。後の人々は、この舟は東京六大学のボート部の練習ボートの行き交いだと言っているが、昭和四十年頃まで、そんな光景は見たことがない。

あの汚穢舟が肥樽を二十樽位を載積して、達磨船に五漕、六漕と引かれてゆく姿は、それなりに圧巻であった。達磨がポン・ポン・ポンと音を立て、その度に丸いあの煙草を口から吐いて丸い輪にするように、丸くて輪のようで薄紫の煙を吐いているのは楽しかった。

「あれは汚穢舟だよ。のんびりしていて良い音だね。春風が頬をなでるように吹いているのも長閑でいいね。」

「あれは汚穢舟ではなかろう。浚渫舟だろう。オリンピックで汚れた河のへどろを処理しているのだろう。」

「しかし桜が少ないね。滝廉太郎は、われに物言う桜木の、と言っているが、ほんとかね。」

「桜の木の下か、大木に耳を当てれば、何かを語りかけて来るんだろさ。」

「いや聞いた話しだが、船頭は川を遡りながら桶の糞尿を売り払っては、水を加えていて、新河岸を遡って川越あたりまで着く頃には薄くなっていたそうだ。」

「ところでどうして下肥《しもごえ》というのかね。」

「それは下ねただからだろう。」

「それにしても馬糞や牛糞は上肥《かみごえ》というそうだよ。人間よりもうまいものを食べているからだろうよ。」

「いつの時代も詐欺商法というものはあるものだね。それでは最後に着くところは水だけになっているということかね。」

こんなとりとめもない話をしていたのも、今から五十年も前のことになってしまった。私の住む蓮田市は、大宮台地と岩槻台地との間で、この地は元荒川と綾瀬川に挟まれた深田があった。

隣り町のさいたま市岩槻区は、江戸時代は、老中の城で、将軍が日光参詣する折りには、第一日目の宿泊地となった。家臣の宿所は、その一歩手前の浦和区大門の本陣、脇本陣である。そんなことから岩槻で生産された葱は「岩槻葱」として、江戸の庶民に好まれそのまま俳諧の季語となっている。

蓮田の蓮も近代になって霞ヶ浦で広域栽培されるまでは、江戸への重要な蓮の供給地であった。蓮田の蓮は綾瀬川を下って築地へ、見沼通船堀を舟で下って江戸に運ばれた。

時に俳句の季語として詠まれるが、蓮田という文字は冠りにつくことはなかった。江戸の市民の食膳に祝料理とした正月の喰い積みに用いられた。穴が幾つもあいているので、「見通しが良い」ということでお節料理には必ず使われた。

かの中条姫は、この蓮根から穫れる糸で曼陀羅を織った。良いことが糸を引くということから縁起の良いものとして正月料理には欠かせないものとなった。蓮は美しいもので、花や蕾、枯れ蓮なども季語として詠まれている。

台地先端の中田耕地は、昭和の初期頃まで蓮の産地で耕地一面に咲く蓮の花が美しかった。昭和の初期頃まで産地を保っていたが、耕地整理を行ない暗渠排水を張りめぐらせたので、深田は乾田になってしまった。それでも昭和五十年頃までは、山陰の深田では夏になると、見事な花を咲かせた。

蓮を美しく、蓮根を美味に育てるためには、肥料が必要であり、蓮根の最適の花は、長屋の糞が最も良い。これは霞浦で証明されてしまった。霞浦では科学肥料を大量に与えたので、残量残留肥料が湖に流れ込んで、夏に赤潮が発生して鯉や鮒が死滅してしまった。この頃毎年のように「青こ」や「赤潮」で甚大な被害を出し続けている。

新根を植え終った蓮の田に、早春の頃一本の芽を泥中より伸ばす。恰かも茸の角のように真直に伸び、十五センチほど伸びると蓴葉のような小さな葉を付けている。

無論肥料は新根を植え終わる冬場に行うのである。一反歩あたりの田圃に厚さ十センチから二十センチになるほど「長屋の糞」を流し込む。蓮が成長するにはそれだけの肥料を必要とする。だから花も美しいのである。黄金色の田圃に青みどろの藻が生えて、水面が緑色になる頃、青い大きな葉の間から真紅の花や純白の花を咲かせるのである。それはそれは極楽の景そのものであった。

かつて、冬になると蓮田の田圃には、各地から汚穢桶を積んだ牛馬車が、ガラガラと音を立てながら砂利道を、何台も何台も並んでやって来ては、桶の中の「長屋の糞」を田圃に流して行った。昭和三十年の昔のことである。歳月人を待たずの感深い昔々しのことである。

次郎が通った小学校は三キロも先にあった。当然のことながら、四方八方から通って来るほど通学区域は広かったのである。川を越えて来る者、耕地を二度も越える者、何度も山林の小径を越えて来る者らが集まる小学校であった。赤城颪の寒風に吹かれながら、唐笠をほとんど横に差し、強風とどしゃぶりの雨の中をずぶ濡れになって、雪の日は頭上に十センチもの雪を乗せて通ったのであった。

或る日、次郎や俊男や三郎らが学校から戻らないということで大騒ぎになった。

「うちの子が人攫いにあって帰って来ない。どうしたのだろう。」

「いや道草でも喰っているのだろう。」

「そのうち帰るさ、心配しなくてもよかろうが、もう少し待ってみよう。」

「帰って来なけりゃそれでええ、おそらく寺の本堂か鎮守様で寝ているだろうから。」

「いなくなればそれでもよい。人べらしになってちょうど良い。だが子どもに取ってみれば災難でかわいそうだ。」

こんな会話が村中に流れた。暖気な話しであるが、十人、十六人の子供が家庭の中にごろごろしている時代であった。父親が職人さんで、鑿を投げられたり、金槌で頭を擲られたりしていた仲間もいたので、或いは本当にひとりぐらい居無くなっても良い、と思っていた親もあったかも知れない。

夜になって提灯を持って捜したところ、沼から流れ出る小川で掻堀りをして遊んでいたということであり、村中でほっとした事など、何度あったか知れないほどであった。

或いは母親が釣瓶井戸に落ち、梯子を降ろして引きあげたが間に合わずに亡くなってしまったことがあった。俊男の母親であるが肥桶に落ちて亡くなったり、川に流されたりなど初中終であった。

俊男は釣りが上手で、学校から帰るとただちに釣竿を持って沼や川に小魚を釣りに行った。釣った小魚は醤油で煮染めてその晩のおかずにしていた。時たま鯉などが釣れると井戸の中に放り込んだ。

「おい俊、なんで十センチ位の鯉を井戸の中に放り込むんだ。」

「おまえたちにはわかるまい。後で教えてやるよ。」

「そんなに勿体ぶらないで教えてくれたっていいじゃないか。けちんぼ。」

「おまえらにやるのじゃないし、俺が釣ったものだからどうでもよいだろう。」

「十センチぐらいが、一番煮染にいいんじゃないか。骨まで食えるし。けちんぼ。」

「けちんぼと言われたのではしかたがない。こうして二、三年井戸に入れておくと三十センチぐらいになるんだ。大きくしてそれから家中で食べるんだよ。しかし魚がうんちをしたらどうなるのだう。」

と、言ったのでみんなで井戸を覗いてみたら、なんと確かに十四、五匹の鯉が悠々と泳いでいた。

それは見事で、あの富士山の裾野にある「忍野八海」の湧き水に泳ぐ鯉のようであった。これを冬場に二匹ほど食べるのを楽しみにしているそうである。俊男が井戸から釣り上げるか、母が上手に釣瓶桶に入れて釣り上げるそうであった。

俊男の母親は、この釣瓶桶で鯉を掬くおうとして、前のめりに落ちてしまったらしい。それからの俊男は、毎日しょんぼりとして、釣りに誘っても一緒に行かなくなってしまった。賢こい俊男であったが勉強にも身が入らず、成績も下がり、学校も休みがちになってしまった。

次郎たちは、相変わらず暖気に、学校をさぼったり、いたづらをしたり、道草を喰ったりしながら楽しく生きていた。なにしろ学校まで三キロもあるのだから、その途中ではどんないたづらもできたのだった。途中にある神社の賽銭箱を開けては小遣いにしていた。

ほとんど同じ時間に通る汚穢車に乗せてもらって登校したり下校したりした。無論、桶がからっぽの時があったり、満杯の時もあった。満タンの時は、車の轍に車輪が嵌る度に桶の中では「チャッポン、チャッポン」と音がした。車輪が大きな石を踏んで、ぐらりとする時もあった。

そんな時に蓋がよく閉まっていない桶があると、桶からジャブンと跳ねかえって顔にかかることが何度もあった。それでも次郎たちは汚穢車に乗ることをやめなかった。小学生の足で、三キロも四キロも先にある学校に向かって、寒風の吹きすさぶ田圃道を歩いて通うのは難儀この上もなかったからであった。雨の日や雪の日は相合傘で女の子と一緒に揺られて乗っていた。

毎日々々、この妙な香りを嗅いでいるとそのうちに慣れっ子になって、臭いとも汚ないとも思わなくなる。学校に着いて井戸端で顔を洗ってしまえばそれで済むことなのである。そんなことよりも、車を引いて行く牛や馬が歩きながら大きな糞を道に残して行くのが一層面白かった。馬方は糞拾いの十能《じゅうのう》を持っていて、馬が糞をする度に大きな馬穴にそれを拾うのであるが、この糞拾いが次郎たち乗せてもらったものの御礼であった。その度馬方もにこにこ顔で上機嫌あった。

拾ってみると結構楽しいもので、十能に乗り切らないほどの湯気が立ち昇っている饅頭のような糞を十個ほども拾うのである。何回も拾ってあげて顔馴染みになった馬方は、それを次郎たちに呉れる人もいた。牛の糞は肥料に、馬の糞は燃料にしていた時代であった。

次郎らは、早速にそれを貰って行って陽の当たる所に潰して平らにして干した。学校では、一ヶ月ぐらいして完全に干しあがったら揉みほぐして達磨ストーブに燃やしてあたった。学校の帰りは途中の地蔵堂に干しておいて、毎日帰りに遊んでいる神社の境内や地蔵堂の空き地で焚火をし、夕暮れになると家に帰るのが日課となっていた。

ところが牛の糞はそうはいかない。馬の飼料は、干し草と藁であるから乾燥すればもとの藁となる。だから燃料に使えるのである。牛の糞は、ぐちゃりとして地面にべっとりと張り付いてしまうので、十能で拾うにも難儀をする。馬糞のようにはいかないので、拾ったものは汚穢桶の中に収めてしまう。そこで次郎たちは牛車にはあまり乗りたがらなかった。

「牛に牽かれて善光寺」というが、第一に牛はのろいので面白くなかった。「のろい」から乗りたがらなかったのではなく、理由が他にもあった。牛には蝿や虻がしょっちゅう寄って来て、牛の糞や汚穢桶にとまったかと思うと飛び立って、次郎たちの顔や目や口にとまるので気持ちが悪かったのである。顔にとまるばかりではなく鼻の穴や耳にもとまるので辟易していたのだ。

「ピッチャン・ピッチャン」と跳ねるものが顔にかかっても、さして気にならなかったものが、なんだかこの蝿や虻がとまると妙に汚ならしく思えたからであった。「やれ打つな蝿が手を摺る足を摺る」などという悠長なことを言ってはいられない。とまられた時の肌えに感じる感触は極めておぞましいものだ。その度に牛は尻尾を振ってそれがまた顔をなでるのであった。

横光利一の『蝿』は、一匹の蝿が馬の背にとまって、馬車もろとも乗客が谷底に転落した後、蝿は悠々と飛び去って行く。その間に起こったできごとを蝿の目を通して事件の顚末を描いた作品である。人間の営む姿を一部始終、この一匹の蝿が見届ける、というストーリである。しかし、事はそんなうまくは運ばないのが世の常である。

蝿は馬よりも牛を好むらしく、多くの蝿や虻が牛にまとわり着くのを、うるさがって払っている姿はよく見るが、乗らない時は至極長閑な景で、馬にとまっている姿はあまり見たことがない。そんなことよりも次郎たちが馬車の汚穢車に乗りたかったのには別の理由があった。

次郎たちはいつものように一台の汚穢車が、馬に牽かれて、足音も軽ろやかに、パカパカと音を立てながらやって来たので、それに乗せてもらった。そろそろ汚穢車も肥料運びが終わろうとする春先のころであった。のんびりと例によって蹄の音も高らかに春風に鬣をなびかせて田圃道を車を引きながらやって来た。馬方もうつらうつらし始めていた。

乗客は「長屋の糞」を詰めた二十ばかりの汚穢桶と次郎ら五人の小学生が乗っていた。春風が子ども達の髪の毛も顔も、そよそよとなぜて行った。蓮の田にはそろそろ青みどろの藻が広がり始め、その他の田圃には蓮華の花が一面に咲いていた。蓮華草も耕地一面に咲くと美しいもので、次郎たちも眠くなりながらも田圃の景色に見とれていた。

突然前の方で「ゴー・ジャー」という滝のような音がしたかと思っていたら、後方に乗せてもらっていた僕らの顔に、春雨のような飛沫が飛んで来てひやりとした。ぬるま湯のようでもあり、ひやりともするようで、こんな長閑かな日に、俄雨など降ろうはずがない、と思いながら前方を見ると、馬がゆばりをしていたのであった。

「なんだ天気雨か。こんな天気の良い春風が気持ちいいのに。それにしても冷たくて気持ちよいではないか。」

と次郎が間抜けたことを言うと、俊男は素頓狂な顔であきれたように、

「おい、おい俄雨じゃないぜ。前を見てみなよ。すごいぞ、すごいぞ。」

「どれどれ、うわーすごい。やっぱり体の大きな動物は小便もちがうなあ。」

前方を見ると馬がいばりをしていたのだ。芭蕉の句に「蚤虱馬が尿する枕元」という句の通り、それはまるで滝のようで、見事なものだった。それが春風にあおられて次郎達の顔に吹きつけていたのであった。しばらくみんなで見惚れていたが、やがてまたうとうとと軽いねむけに誘われていた。僕らは大抵は後ろ向きに、牛車や馬車の後部に腰をかけて足をぶらぶら遊ばせながら乗っていた。隣り

には一番年崇の八郎が乗っていたが、突然また頓狂な声をはりあげた。

「おいおい、みんな見てみなよ。おったまげるぞ。うはーうはー……すごいすごい、こんなのはじめて見たぞ。」

その魂消るような声で前を向いた途端、僕らはほんとに魂消てしまった。後ろから見る馬の尻は全く美しいものである。その美しい尻は毎日見慣れていたが、今日ばかりはみんな魂消てしまった。その美しい尻の間からまるで丸太棒のように、まるで如意棒のように、にょきにょきと、見るみる太く長くなって地面すれすれまで伸びているものがあったのであった。

僕らは唖然、呆然として声を呑んだ。じっと見詰めて息も呑んだ。それは恰も五本の足で木馬のように、北村薫氏の小説『空飛ぶ馬』のように見えたのであった。そんなことがあってから僕達は、その馬方の馬車がやって来るのを心待ちにしては乗せて貰っていたが、僕らが期待したことはその後二度とおこらなかった。

そんな期待を乗せて、僕らを乗せた汚穢車は、蓮堀りが済んで新根を植え終わった暮れから春先まで毎年のようにやって来ていた。しかし、年々その馬車は減って来て、僕らが小学校を卒業して、中学生になる頃には姿を消してしまい、それに代わって自動車の運転席の後にタンクを積んだバキュームカーがやって来て、長いホースを田圃に伸ばしては、ドクドクと蛇のようにホースをのた打たせては、周囲に甘い香りの、黄金の肥料をいっぱいに流して行った。

黄金の肥料を流し終えると、僕らが夏には水泳をし、春秋には魚釣りをし、冬には下駄スケートで遊ぶ河から水を吸い込むと、しばらくエンジンの音を立てていた後、またホースからタンクを洗った水を河に流して行った。

「だめだ、こりゃー、ここではもう遊べないや。そうは言ってもどこでも同じだな、いまいましいバキュームカーめ。」

「どこかへ行ってしまえ、場所を替えて洗い流せ。にくらしい奴め。」

僕らは毎日そう言って運転手さんに悪口をついたが、おこられるだけだった。年長の八郎は運転手さんに拳骨玉を貰うしまつだった。しかしその後からは、蓮田の蓮も田圃が一枚、二枚と消えてゆき、今では僅かに数枚の蓮田しかなくなってしまっている。そのかわり隣りの県の茨城県土浦が蓮の産地となり、毎年夏になると霞ヶ浦の「青みどろ」騒ぎが起こるようになった。それもこの黄金の肥料のしわざであることを知っているのは僕らだけなのである。蓮の花が美しいのは、泥の中から芽を出すからではない。僕らは「蓮の花」が何故に美しいのかをその時に知ったのだった。

家次先生のこと

次郎や俊男が中学校に入学したのは、昭和三十三年の春のことであった。その頃は町村合併があって、また僕らは三キロも先にある中学校に通うことになった。当然仲間は変わらず、毎日集合場所に集まってはひと遊びをし、それから登校したので、家を出てから学校に到着するまでは、二時間半もかかった。相変わらず僕ら悪餓鬼は、お地蔵様の饅頭や、団子、ぼた餅を食べたりして空腹を満たしていた。ひもじい時は農家の大根や薩摩芋や馬鈴薯を掘って食べていた。

泥棒ごっこ、という遊びをしていた。泥棒役と警官役を作って、泥棒は逃げ廻り警官が追い駆けるという遊びで、一種の鬼ごっこ、をもっと面白くしたものだった。つかまえた泥棒は牢に入れられる。それを仲間の泥棒が取り返しに来るので、また捕まえる、或は牢を破られて奪還されてしまう時もある。その頃江戸川乱歩の少年探偵団が大人気であったのである。

牢は破られないように、農家の土蔵に閉じ込めたり、雑木林の大木に縛りあげたり、田圃の共同便所に閉じ込めたりした。これは自分達の仲間で流行っていたのが、やがて登下校グループの地区同士の対立となって面白さが増してゆき、とうとう閉じ込め押し込めがわからなくなる処という、なかなか狡知な遊びとなり、捕縛も奪還も奸知にたけるようになって行った。

或る朝、登校する場所に早く来ている他地区の茂吉を見詰け捕縛して牢に押し込めることになった。そこで農家の人が各戸で持っている穴蔵を使うことになった。三尺四方の穴を二間ほど掘り、穴底を四方に二坪ずつの室を作る。ここに秋に収穫をした、薩摩芋、里芋、生姜、独活などを山になる程に積み込んで春まで保存する仕組みを「穴蔵」といった。

関東地方では、家の土間にもこの穴蔵をつくり、冬の間の野菜まで保存して食した。今で言えば冷蔵庫のようなものだが、暖蔵庫と言うようなものであろう。そこに茂吉を閉じ込めてしまった。毎朝のことであるから、その日も泥棒ごっこが始まった。

他地区の大将の三郎もひと通り遊ぶと学校に登校する号令をかけた。まさか茂吉が捕縛されているとは思わず、休みだろうという思いで捜すこともなく、僕らは知っていたがそれを告げずに登校した。朝の学級活動が始まり、茂吉の担任は家に電話をしたら登校したということなので、学校中が大さわぎになった。その後僕らは職員室に呼び出され、二時間程度、膝の裏側にバットを押し込まれて正座のおしおきを受けてしまった。

僕らが中学校に入学すると「職業家庭科」という科目があった。これがその後「技術・家庭」になってしまい、今また「男女必修家庭科」になった。なんのことはない「総合的な学習の時間」もみんな昭和三十年代に戻っただけのことではないか。当時は略して「職家」と言って男子も運針などといって裁縫などもやり雑布を縫ったりした。女子も木工と言ってハンガーなどを作ったり、表札などを作った。「しつけ糸」などもやらされた。

「労作」という時間もあった。学校用の田畑があって、田植えや稲刈りなども授業時間に入っていた。自分達が使う便所は、自分達で汲み取ることと教わり、慣れない手つきで柄杓を使って、暗くて、深くて、奈落のような便壷から肥桶に移し替え、肥溜めに運んだ。天秤棒で前後を二人で担ぎ、肥桶を真中に吊るして運ぶのだが、二人の呼吸が合わないと中の肥料が踊り出して、「チャッポン・チャッポン」と跳ねあがる。

次郎や俊男や茂吉は百姓の倅で、子どものうちから畑仕事を手伝っているので、天秤の前後に肥桶を吊るして、すいすい、すたこら肥溜まで運んでしまう。前桶の綱を右手で後の綱を左手で持ち、天秤の撓りをバネにして身体を上下して安定を保つのである。ちょうど馬の鞍に乗って、馬が跳びはねるたびに腰を上下して安定を保つようにするのである。だが町場の同級生はこの骨《こつ》がつかめない。跳ねあげて身に浴びてしまう。中には蹴躓いて黄金の肥料をひっくり返してしまう者もいた。

肥溜は、大きな桶を地中に埋めたものや、コンクリートで水槽のように地中に埋め込んで作られているものもあった。コンクリートで作られたものは、三槽ぐらいに間仕切りがあって、古い肥料から順に使うようになっている。つまり汲み立てをそのまま使うと、野菜などは、アンモニアの肥当たりをおこして枯れてしまうので、二年か三年「寝かせ」て、アンモニアを蒸発させ、発酵して丸くなり、微生物などの働きによってほど良い肥料になるのである。

それ故に肥溜は、大きいほどよく、長い年月を寝かせる程良い肥料となり、良い野菜もできるのである。昭和三十年代の終り頃まで肥桶は、畑のあちらこちらにあった。これに気づかずに遊んでいて次郎も落ちたことがあった。昭和三十六年に高校に入学すると十キロマラソン大会があり、次郎や友人達はずるを決め込み、畑中をよぎったり途中に隠れていて帰りの適当な順番に紛れ込んでうまくやりすごす者もいたが、畑中に身を隠そうとしてこの肥溜に落ちた仲間もいた。

この頃には幼児が神隠しに合った、という噂が立ったこともあったが、遊んでいた幼児が肥溜めに落ちて溺れ死んでいたこともあった。極く最近まで使われなくなった肥桶や肥溜が放置され、狐に騙されて風呂に入ったことになっており暖気な話しで終わっていた。しかし近年ではこれが瑕疵責任が問われるようになったので、化学肥料の普及とともに消えていった。

或る春先の天気の良い日に労作の時間があった。担当は原田家次先生で徳川の末裔と言っていた。

「そろそろ良い肥料となったことだろうから、これを肥溜から汲みあげて畑に撒く作業をする。」

と言って肥溜の前に全員を整列させた。川石君夫級長が威勢よく「きをつけ」と号令をかけたので、僕らは直立不動の姿勢で、何か重大な発表を聞くような態度で気をつけをした。すると家次先生がおもむろに口を開いた。

「これから肥料になっているかどうかを調べねばならぬ。どうすれば調べられるかどうか、わかる者は手をあげろ。」

と、言ったが誰も手をあげる者はいなかった。するとまた家次先生は言った。

「よくできていないとアンモニアの強さで、せっかくの野菜が枯れてしまう。そこでどうしても調べてみなければならない。」

と、言った。すると次郎が率先して手を挙げた。こういう所が次郎らしい馬鹿なさきがけ者だった。軍隊ならまず最初に鉄砲の弾に当って死んでしまうだろう。

「臭いを嗅ぐと良いと思います。」

「それでは判らない。一年も経つとほとんど臭いはなくなってしまうぞ。」

「だからよいと思います。臭いがなければ良い肥料の証拠です。アンモニアがなくなっていると思います。」

「アンモニアは顔や腕に着けるとヒリヒリするだろう。だがあれは純粋なアンモニアだからだ。蜂などに刺された時につけるアンモニアはあれで良い。しかし肥溜のものは、二、三年経っているから、手や肌につけたのでは判らない。それにアンモニアが完全に蒸発しているのが肝心だ。それに肥溜には小便も混じっている。つまり塩分が分解されているかどうかも問題だ。よくできている肥料は甘くなって丸い味がする。つまり、丸やかになっているかどうかだ。だからどう調べれば良いか、誰か判った者は手を挙げよ。」

「先生、そんなことをせずに古そうな、色がなくて泥のようになっているのを撒けば良いではないですか。」

次郎が口応えすると、突然家次先生のびんたが次郎の頬をうった。もう誰れも手を挙げる者も、声を出そうとする者もいなかった。勿論、級長の君夫はしっかりと考えていたが、顔は神妙な顔つきで、他の生徒は皆ぼんやり突っ立っているばかりであった。すると家次先生は一層声を張りあげて言った。

「人差し指を出してみろ、他の指はみなひっこめて、右手を上に挙げよ。」

と言ったので、僕らはみんな人差し指を立てて、右手を上にあげた。すると先生は一段と声を低くし、おごそかに声を出した。

「右手をそのまま肥溜めに突っ込み、人差し指に着いた肥料を舌先で舐めてみよ。ピリピリせず、しょっぱくもなく、甘く丸やかで、良い味がすればいい具合に出来あがっている。僕がやがてみせるから、その後、級長の君夫の号令で皆肥桶に指を入れろ。」

とおっしゃると、おもむろに肥桶に手を入れて、人差し指についた肥料を生徒の目の前に披露すると、「次にこうする」と言うが早いか、その指をペロリとひと舐めするや、

「うーん、実にうまい、丸やかで甘くてうまい。これで良いのだ。良い肥料が出来上った。次は君達が自分の舌で調べてみなさい。よくできているのがわかる。」

と言った。それはまるで鍋の中のカレーの味見をするように、先生はにっこり笑っておっしゃった。すると級長の君夫がすかさず号令をかけた。

「きをつけ、人指し指を立てよ。右手を大きく上に挙げよ。」

と、言ったので僕らは級長の号令のままに従った。続けて級長は言った。しかしこの時はかすかに声がふるえていた。

「そのまま人指し指を肥溜に入れて、たっぷり肥を着けたらそのまま口に入れてしっかり舐めて調べよ。」

と、言ったので僕らは一斉に行動を起こした。たっぷりと人指し指に浸した肥料を、一気に口にくわえて舐めたのだった。妙な味はしたが、家次先生がおっしゃるように甘いようでもあるし、ピリピリせず丸やかであるようにも思えた。しかし誰れもが顔には出さずにがまんをした。その日の弁当は誰もついに食べられなかった。

今になって思えば、あの時家次先生はほんとうに人指し指を舐めたのであろうか。ほんの一瞬のことであったからはっきりしなかったが、私には薬指か中指を舐めたように思えた。このことは今でも禁句として誰にも言わず、級友達は口にしないことになっているが、僕らに残っている強烈な思い出なのである。

家次先生は徳川の末裔と言っていたが、この時から僕らは「うん、そうなんだ、ああして代々、家を次いで来たのだろう。」と皆だれもが納得した。同時に僕ら団塊の世代の人々は、皆んな何につけ、我慢強い。僕らが職を退いた後一斉に田畑を耕せば明日の農業を立ち直していくであろう。

僕らの世代は、この話しからでも皆我慢強かった。川石級長が「右向け右」と言えば皆一斉に右を向いた。この時も誰も毛ほども疑いの気持ちなど持っていなかった。普段から間違いや、いい加減ですぐビンタをくれる家次先生を尊敬した。だから一斉に人指し指を、まるで飴こ玉でも舐めるようにペロリと舐めたのである。

夏がやって来た。夏休みは見沼用水や元荒川、綾瀬川で水泳をしに行った。そんな或る時、次郎と級長の君夫でいたずらをしていて思いついた。川向こうに広々と広がっている西瓜畑に、ごろごろ転がっている西瓜を食べに行こうということになった。僕らは川を泳いで渡って、三つ四つ西瓜を盗んで来て食べることを考えていた。いつも泳ぐときは、持っている手拭いをバンドの端っこをまるめ、その手拭いを背中から股をまわして褌にしていた。

みんな褌をし終えて一斉に川に飛びこもうとすると、級長はちっとも急ぐ様子もなく、僕らをしばらく待たせると篠原に入っていった。僕らは早く川を泳ぎ切って西瓜を食べることばかり考えていたので、君夫のやることが理解できなかった。君夫はずば抜けて頭がよく、それでいて餓鬼大将であったので僕らはなんでも従うようにしていた。

間もなく君夫は僕らの人数分の十五センチ程度に切った篠竹を持って来て皆んなに渡した。僕らの毎日持っている七つ道具があった。ナイフと二十メートル程の細いロープと、独楽は宝物でもあった。ナイフは「肥後守」と銘が打たれており、折り畳みで、皆んな切れ味を自慢にしていた。しかし君夫のナイフはいつも見事に研ぎあげられていて、切れ味も群を抜いていた。

僕らは篠竹の先端が斜めにすっぱりと切れているのをみて、さすが君夫、見事な切りさばきとは思ったが、何に使うのかはわからなかった。君夫はそれをみんなに渡すと、

「川向こうの西瓜畑には番小屋があって、番小屋のおやじに見つかると面倒なことになる。みんな川を渡ったら向岸に五メートル間隔で並べ、土手から西瓜畑までは匍匐前進、おやじに見つからぬように顔だけ立てて肘で進め、西瓜に突き当ったらこの篠竹で二ヵ所を突け。突いたらひとつの穴にこの篠竹を差し込んで西瓜を吸い尽くすんだ。いいかおやじに見つかったら皆んな一斉に退却して川に飛び込んで見沼用水を下流に逃げろ、おやじは急な流れに付いてこられないから大丈夫だ。」

と、言った。僕らは君夫の知恵に唖然とした。西瓜泥棒は盗んだ西瓜を持って、おやじに見つかって、だれが逃げおおせて西瓜をこちらの岸まで運んでくることができるかに面白味とスリルがあるのだ。僕らはてっきり今日もそれをやるだろうと思って、はやる心で級長の号令を待っていたのだったが、そんなことを考えていたとは誰も想像できなかった。

だが思い起こせば、あの労作の時間に青い緊張をした級長の顔が、号令をかけた時に一瞬ひきつったかと思うと、にやりとうすら笑いを浮かべたのを僕は見てしまっていた。労作事件の一件から、その後の級長のやることは陰険になって行った。それまでの級長は餓鬼大将で、男の子からも、女の子

からも慕われていた。夏休みの夜間登校で花火大会をやっても、級長は鼠花火を持って来ては女の子の後ろに落して行って、女の子達を「きゃーきゃー」と悲鳴をあげさせては悪戯をした。

しかし、かえって女の子達は喜んでいるような所もあって、級長はいつも女の子達からももてていた。だが、あの一件以来、級長はそんなことをして悪巫山戯をすることをぴたりとやめてしまった。

或る時、体育の時間にクラスで一番可愛いくて誰よりも美人で、飛びっきり色の白い女の子が泣き出した。先生が理由を聞くと、持って来たはずのブルマーがなくなった、と言うのである。先生も一緒になって捜したが一向に見つかる様子がなかった。結局その子が忘れ物をした、ということになって沙汰闇みとなったが、その時も級長の君夫がニヤリと笑ったのを次郎は見てしまっていたのだった。

僕らは級長の号令に従って、それぞれてんでに篠竹を手に持ったり、口に銜えたりして見沼用水を泳いで向こう岸にたどり着いた。流れが急なので力のない者は水に流され下流で岸に着いた。渡り切るまでに三、四十メートルも流されてしまう者もあった。だが級長だけはほとんど流されることなく泳ぎ渡るので、僕らはそれだけでも英雄として認めていた。向こう岸にたどり着いた時は自然に十メートルぐらいの間隔ができあがっていた。

最初に渡り終って待機していた級長は、次郎が二十メートル程流されながら最後に岸に着いたのを見届けると、右手をあげて前方にさっと下した。次郎は喧嘩早く、目だたがり屋だったが泳ぎは全くだめだった。そんなことから君夫と次郎は、大将と参謀のような関係でいたずらをしてきたのだった。

級長の号令で僕らは一斉に西瓜に抱きつくと、例の篠竹で西瓜を吸い尽くした。番小屋のおやじに見つかることなく、腹一杯になるまで吸いつくすと、級長が労作の時のあのしぐさと同じように右手をあげると、川に向かってさっと下した。僕らはまんまと西瓜を堪能するとまた川を渡って逃げおおせた。こちら岸に着いてほっとしていると遠くにおやじの怒る声が聞こえた。

一人が篠竹を置き忘れて来たのを知ると、級長は突然ビンタを呉れた。これが級長のビンタの始りであった。桃を盗んだり、トマトを盗んだり、梨を盗んだりする度に級長の君夫は思わぬ奇策を用いたりした。しかし失敗があるとビンタが飛ぶようになっていた。

冬になると僕らは「野火遊び」に興じるようになっていた。これは親達も黙認をしていた。田舎では冬になると田の中の櫓や畦草を焼かなければならなかった。枯草に虫などが卵を生みつけるので、春の田植え時に害にならないように、虫や幼虫や卵を焼き払うことが必要で「野焼き」と言った。

次郎は臆病なところもあった。「子どもが火遊びをすると寝小便を漏らす」と親から言われて本当に寝小便をしたことがあったので小学生の頃は遊びに入れなかった。中学生になって級長の川石君夫と遊ぶようになり勇気が湧いて乱暴な遊びもするようになっていた。

級長の君夫と次郎が意気が合うようになったのも喧嘩口論が原因であった。冬になってクラスにも達磨ストーブが入ると、乾燥予防のために馬穴に水を入れてストーブの上に乗せて置く。そこに卵を持って行って入れておくと、昼の弁当の時間になるとちょうどよい茹で玉子ができあがっている。次郎と君夫がそれをやっているうちに、数をめぐって口論になった。やがて二人は取っ組みあいを始めたのだ。ちょうどその時、学校中で「蠍」と諢名されていた英語教師の大泉睦雄に見つかってしまった。大泉先生は痩せぎすで背丈だけ高いのにダブルの高級服をいつも着ていた。

見つかってしまったのは後になって知ったことで、大泉先生はその場で叱り付けたのではなく、僕らの担任の津田実先生に密告をしたのだった。津田先生は豪快な社会科の先生で僕らの中学校では一番に人気が高い先生だが、怖い先生であった。それを聞いた津田先生が教室にやって来たのだ。僕らは楽しく喧嘩をしているつもりだったのに。その場で二人ともぽかりぽかりと拳骨をもらい、頭のあちこちに瘤ができてしまった。尊敬している津田先生だったので二人はかえってすっきりした。

その後職員室に連れてゆかれて正座をしていると、他の先生がまたお前達か、と言って呆れ顔をしていた。そこに大泉先生がやって来て、そ知らぬ顔をして、「お前達何をやったのだ、そんなことだから英語ができないのだ。」と言うと、持っていた三尺の篠竹で頭をたたかれた。津田先生の拳骨よりも痛かった。大泉先生の三尺の篠竹はただの篠竹でなく、あの水戸の黄門様が持っている杖にある布袋竹か亀甲竹のようなものだった。

授業中も答えられないとその篠竹でよく生徒をたたくので学校中に知られていた。それを持って「おれは水戸の黄門だ、頭の悪い奴はこれで目を覚ませ。」と言ってはたたかれた。後で知ったことだが、布袋竹どころか魚釣りの延べ竿の安物の下の持ち手の部分だけを切り取ったものだそうである。そんなことで学校中のきらわれ先生だった。その上職員室に呼ばれる生徒は、この先生が「ちく」っておいて、知らぬ顔をして職員室だけで威張って、叱りつけるのが得意なので「蠍」の諢名がつけられていたのであった。名は体を表す、その諢名のとおり額がそり上がっていた。

大泉睦雄は、どこかの金持ちの坊ちゃんらしく、昭和三十年代から「スバル」の自動車で土埃をあげながら僕らが登校する道を疾走してゆくのだった。今ならば車を十円玉でこすられているか、千枚通しでタイヤに穴でもあけられていることだろう。こうして君夫が級長になり、次郎も二学期には副級長になって悪戯をする仲となったのだった。しかし復讐してやろうなどとは思いもしなかった。

山火事騒動

寒い寒い冬が来た。昭和三十六年は殊の外に寒い冬だった。そんな時は広い田圃に火を放って遊ぶのは爽快であった。何よりも暖かくなると汗が出る程で、親のやるべきことを代わりにやっていると思うと愉快でもあった。

或る時、山林近くの芒原で野火をした。大人がやると仕事であるので「野焼き」と言うが、子ども達がやるのは遊びであるから「野火」と言った。火は勢いよく燃え広がった。火付けは一度やるとその味が忘れられないそうである。殊に「火付け火事」は興奮するようであり、その上誰れが火付けをしたのか判らないと火事見舞に行って、酒が振舞われると、そ知らぬ顔をして只酒が飲めれるので「火付け犯」となり常習化するそうである。

まったくその通りで、僕らは冬になると必ずこの遊びを繰り返した。仲間の両眼に赤々と燃える焔と火焔を見ると体中の血が煮え滾るように熱くなっていった。燃え跡が黒々と広がってゆくのも堪らなく嬉しかった。そんなことをして遊び興じているうちに、火は山林の落葉に燃え移り、松林の下の喬木に移って行ってしまった。強風が吹いて一瞬のできごとで僕らに油断があった。

通常の遊びが終った時の火消しは、皆んなで一斉に小便をして消火するのだが、この日はそんなことをしても一向に火は収まらなかった。みんな慌てふためいて、足で踏み付けたりした。だが火は消えなかった。この日はまだ級長の君夫が来ていなかった。僕らはこの火をどう消したらよいかわからず、周章《あわ》てているばかりであった。すると中の一人が上着を脱いで燃える火をめがけて上着でたたき、地面にたたきつけた。火は勢いをそがれ消えたかに見えたが、かえって上着の風で煽られたその先の火がぱっと勢いを増して燃え広がってしまった。

そんなことを皆んなで二十分ばかりやって必死に消そうとしていたが、そのうちに誰かが「逃げよう」と言った。その言葉でみんな一所懸命に上着でバダバタ煽いでいた手を止めてしまった。火はその途端にまたパッと勢いを増してしまった。

さっきまで、ほんのさっきまで満面生き生きと笑みを浮かべていた僕らは、顔からみんな血の気が引いて、まさに顔面蒼白とはこのことであった。このまま逃げてしまえば、火は更に燃え広がって山火事になるに違いなかった。最早僕らの小便などで消火できるような状態ではなかった。このまま逃げて山火事になって、消防隊によって消して貰うしかすべがないように思えた。みんな顔を合わせてお互い無言のまま逃げることを確認した。

その時、僕らが呆然としていると、

「そのままあそこの沼や、堀に行って皆んな飛び込め、上着も着たまま飛び込め、上着にたっぷりと水を含ませてすぐにここに戻って来い。早くしろ皆んな。」

　と叫ぶ声がした。川石君夫級長の声だった。僕らはなんのことか判らなかったが、日頃から級長の号令に対しては、体が自然に反応するようになっていたので、僕らは一斉に溜池に向かって駆け出していた。冬の溜池は薄氷が張っていたが、そんなことはものともせずに、僕らは級長の命じるままに飛び込んだ。とって返して燃えさかる山林に戻った。すると級長は自分も同じように水に浸かって戻るとすぐに次の号令を発した。

「火をとり囲んでみんな寝ころべ、からだをゴロゴロ転がして、自分の体で火を踏みつぶすんだ。」

「頭まで水に浸って来たから火傷はしないだろう、わかった、わかった。」

「火筋の上に横になって、火筋を消してゆけば火は収まるはずだ。」

　級長の号令を聞くと、それまで恐怖のために顔面蒼白になっていた僕らの顔は血の気を取り戻し、恐いと思う気持ちも、逃げようという気持ちもみんな消えてしまい、体の中から勇気が湧いて来るのだった。

「着物が乾いて暑くなったらまた池に飛び込め、また戻って来てまた転がれ、何度も何度も繰り返せ、熱くてもがまんするんだ。髪の毛がもえても我慢しろ、何度も繰り返せばそのうち火は消える。」

　級長は必死に叫び続けると何度も池に飛び込んでは戻り、池に飛び込んでは戻って、一番火が強く、燃え盛っている所に寝ころんではゴロゴロと転げまわった。二、三メートルある火のついた潅木も級長が体当たりして倒した上を転がると、あっけなく火は消えた。

次郎も級長とは正反対の向こう側にまわって、火筋が広がってゆくのを転げまわって消しに当たった。そんな格闘を繰り返すうちに火は下火になった。しかしまた気を緩めると火はたちまち燃えあがってしまう。やっと下火になった頃合いに級長はまた一層声を大きくして号令をした。

「上着に水をたっぷり含ませて来い。たっぷりだぞ。全員行くな。半分だけ行けよ。半分残ってそのまま火を消すようにしろ。」

と、命じると二、三人が池に駆けて行って上着を水に浸して戻って来た。

「ようし、その上着を残っている火の上にかけろ。そして足で踏みつけろ、火は必ず消える。何度も水を含ませて火の上にかけるんだ。」

と、叫んだ。その通りに火は消えていった。火が消えた後に立たずんで僕らはしばらく呆然としていた。誰も声を出さなかった。すると突然誰れかがシクシクとしゃくりあげるように泣き出した。日頃から泣き虫とからかわれていた健一であった。その泣き声で僕らは一斉に声をあげて泣き出した。まるで蜩《せみ》が一斉に鳴き出したようであった。僕らは頭の毛を焦がしたり、顔に怪我をしたりしたが、何か大きなことをやり終えたような安堵感にしばらく浸っていた。

ややしばらくすると急に寒くなり、湿った着物が冷たく感じるようになって来た。君夫は「さあ行こう。」と、言うと先に立って歩き出した。僕らはみんな無言のままのこのこと後を着いて歩いて行った。山火事になりそうになった雑木林から田圃道を通り抜け、畑を通って村の西側の雑木山までやって来た。そこは山裾で人目につきにくい場所で、小高い山の窪地になっていた。君夫は自分で山の中に入って枯れ枝を集め始めた。僕らも級長の号令に従って枯れ枝を集めた。

「みんな服を脱いで、この焚き火で乾かそうぜ。焚火なら大人に見られても大丈夫だ。さあ勢いよく火を焚こう。」

と、言うので、みんなうつ向いてその言葉に従った。水で濡れた服と僕らの体からは湯気が立ち昇って行った。マッチ箱をだれかがいつも持っていたが喫煙などは誰もやらなかった。もちろんマッチがない時は、僕らは原始的な方法で火を起した。そのための三つの道具をいつも持っていたのだった。次第に服や体が乾き始めると、やっと僕達の顔はいつもの顔に戻っていた。

「そういえば腹が減ったね。体が暖かくなったので一層腹が減った。」

と、泣き虫の健一がつぶやくように言った。

「よしわかった。それでは現地調達をしよう。次郎と俊男と僕で行って来るからお前らは小枝と、ちょっと太めの枯枝を集めておいてくれ。」

「ああ、いつもやるやつだな。わかったから見つからないようにやって来いよ。」

そんな声に励まされて、次郎と君夫と俊男の三人は雑木林に入って行った。松林や白樫林は冬になる前に下葉や落ち葉が刈り取られたり、熊手などでよく掻き集め取られていたので、恰も公園でも歩いているような気持ちになる。「山掻」と言って落葉や笹の葉などを刈り取って冬場の燃料にしたのである。どこの農家にもそうした落葉掻や薪が冬の到来に備えての準備をし備蓄しておく建物を「木小屋」と言っていた。

三人が着いた場所は、そうした雑木山に幾つも掘られている穴倉である。この中には薩摩芋や里芋などが保存されている。三人はそれぞれよく巻いて腰に下げていたロープをはずした。

「よし僕が入るから俊男と次郎でロープを持っていてくれよ。下に降りたらロープを引いて合図をするからひき上げてくれよ。」

「よし、大丈夫だよ、要領はいつものことだからわかっているよ。しかし君夫はしっかり足場を作って降りろよ。」

「そんなことより、俺があがって来る時にしっかりロープを木に巻きつけてくれ、木がなかったら、俊男と次郎でしっかり引っ張りだしてくれよ。」

そう言うと君夫は、莚や藁蓋などをはずしてから肥後守を取り出した。間口三尺四方の穴倉をのぞき込んで左右の土壁に切り込みを入れた。そして腰にロープを結びつけると穴倉の壁に左右の足をかけて踏んばって入って行った。少し入るとまた壁に足場を作っては降りて入った。二間程度の穴倉だからそれほど時間を要しなかった。

君夫が下に降りて少し間を置いた後でロープを引く合図があった。次郎と俊男がロープを引きあげるとその先には、見事な薩摩芋の株が括り付けてあった。二人は思わず歓声をあげそうになってしまった。しばらく堪えてからまた二人はロープを降ろした。今度は一尺ほど伸びた独活の芽が十数本括りつけられていた。

ロープをもう一度降ろすと、やや間を置いて引っぱれという合図があった。今度は重かった。君夫が穴倉からあがって来るのである。両足を左右の壁でふんばりながら、ロープにしっかりと身をあずけて、慎重にのぼって来た。昇り終えると三人は、元のように莚や藁蓋をかけて何事もなかったようにして仲間のいる焚火の場所に戻って来た。

僕らは焚火にあたって上着を乾わかし、体を暖めては焼芋の香ばしい臭いをかぎながら焼きあがるのを待っていた。その間に独活の若芽を火に炙りながら食べていた。そのうちに薩摩芋がこんがりと焼きあがっていた。僕らは薩摩芋をたらふく食べて腹を満たした。学校から帰ってもおやつなどという高級なものは全くない貧しい時代だった。

鞄を放り出すと一目散に仲間のいる遊び場まで駆けつけた。空腹の時は釜に残っている麦飯に塩か味噌を周囲に付けて、握飯を頬張って空腹を満たした。それもない時は雑木山に行くと、山葡萄、蛇苺、通草の実、がまずみ、山梨、山柿、けんぽ梨などなんでもあった。それらの実が手に入らない時は、時々畑の西瓜、トマト、胡瓜、柿、梨などお百姓さんが作ったものをいただいた。時々みつかっても「こらー」と言われるか、その場で拳骨をひとつ貰って、みんな沙汰闇となった。

学校でもいよいよ寒さに堪えられなくなる頃に達磨ストーブを教室に入れて呉れるようになる。僕らは職員室には教室よりも一ヵ月前から入っているのを知っていた。休み時間に石炭をくべると、黒い煙が煙突からもくもくと立ち昇るので、生徒にわからないよう授業が始まってから職員室では石炭をくべていた。級長の仕事のひとつは、授業が終ると先生の本や資料などを職員室に届けた後、次の時間の担当科目の先生に授業をお願いするということがあった。

「三年四組です。次の時間の数学の授業をお願いします。用意するものはありますでしょうか。」と聞くと、大抵の先生は方眼黒板や木製コンパスなどを級長に手渡す。何もない時などでもチョーク箱と三尺の棒、白墨で真白になった革手袋を棒に差して高々と揚げて持って来る。恰かも水戸のご老公を真中にして、太力持ち、露払いを従えてのお出ましという姿そのものであった。その時は厳粛に見えたが今思えば滑稽そのものである。その頃級長は僕らに向かってこう言った。

「教室にストーブが入ったら面白いことをしてやるから、皆んな楽しみにして待っていてくれよ。」

と、大きな声を張り上げたので、僕らはこの時も意味がわからず、ただきょとんとしていた。次郎はあの山火事の一件がバレタのではないかとぎょっとした。しかしその後の続きがなかったので安心はしていた。十二月になって教室にストーブが入った。その頃僕らは級長がひと月前に言ったことをすっかり忘れてしまっていた。

「きょうは、昼休みをみんな楽しみにしていてくれよ。楽しい一日にしようぜ。」

と大きな声を張りあげたので僕らは、この時も意味がわからず、ただきょとんとしていた。級長はそう言うと例によって一時間目の授業の先生を呼びに行った。担任の津田実先生の社会科の授業であった。級長は大きな世界地図を持って教室に戻って来た。それから四時間目を迎えた。四時間目は職家の授業で教室での授業であったが、級長は家次先生を迎えに行かなかった。休み時間に級長の君夫は達磨ストーブの上に置いた乾燥防止用の馬穴のお湯を捨てると冷たい水に取り替えていた。

水を入れたバケツをストーブにかけると、ズックの鞄から新聞紙で包んだものを取り出した。級長の席の一番近くに座っている次郎にはそれが何であるかすぐにわかった。大切に新聞紙で何重にもくるまっていることから卵であると思った。昭和三十年頃は卵は貴重な食物で、弁当のおかずに卵焼きが入っている者などクラスで何人もいなかった。「巨人、大鵬、卵焼」と言われるようになるのは、昭和四十年代になってからである。勿論、僕らの家はみんな百姓仕事をしていたから鶏はどこの家でも飼っていた。だが、卵は唯一の現金収入となるものであるから、どこの家でもその日鶏が卵を産むと、籾殻をいっぱい入れた長櫃に大切にしまい込んだ。月に二回ほど卵屋さんが、当時最先端のダイハツミゼットという車に乗って卵集めにやって来た。卵が売れたその日だけ晩のおかずに卵焼が乗ったのだった。そんな宝石のような卵を級長は四十個ほどもバケツに丁寧に入れたのであった。

次郎もそれに協力をしていた。鶏に餌をあげたり、水を飲ませたりするのは子供の仕事で丁寧に扱わないと殻を壊してしまうので中学生になってからの仕事の手伝いだった。時に入り口の扉を閉めるのを忘れて、鶏がみんな外に逃げ出したり、野犬や鼬が入り込んで何羽も食べられてしまったこともあった。だから採れた卵も慎重に扱うため籾殻で上手に埋めないとならない仕事でもあった。

次郎と君夫は毎日一個ずつ集めた分の中から蓄えをしていた。ちょうどクラスの人数分の四十五個が溜ったので今日皆んなで食べることにしたのであった。

授業が始まって二十分も経つとバケツの中から湯気が立ち昇りはじめた。三十分も経つと卵がぶつかり合ってゴロゴロと小さな音を出し始めた。授業が終わる頃には卵の音はいよいよ大きくなり、職家の教師もそれに気付いたらしく、すっと黒板に書く手をやめてストーブに近づいた。その途端、

「だれだこんなことをした奴は！　こんなものを入れたのはだれだ！」

と、真っ赤な顔をして怒り出した。すると級長は「はい！」と手をあげた。

「やっぱりおまえか。おまえはいつも悪戯ばかりする奴だな。授業が終ったら職員室に来て座っていろ。」

と、家次先生は額のあたりをピクピクさせながら怒って言った。すると級長は平然としながら、顔色も変えずに言った。

「わかりました。職員室ですね。今は真冬で寒いから風邪でも引いてはいやですから、職員室のストーブの傍に座らせて下さい。」

と言うと職家の家次先生は、益々怒りの形相になると口から泡を吹き出して言った。

「なにを言うか、そういう奴は廊下に座っていなさい。いつも口応えばかりしておって生意気な奴だ。」

と言い、級長を廊下に座らせると授業の終了の鐘が鳴った。級長は言われるままに素直に廊下に出ると冷たい板に正座をした。その時に職家の教師がバケツに手をかけた。その瞬間に級長と次郎は、口を揃えて言った。

「先生それを持って行かないで下さい。それは俺らのものですから。」

と言うと、職家の家次先生は益々怒りをあらわにして、憎く憎くしげに僕らを見て、

「つべこべ言うな。こんなことをするやつはみんな没収だ。」

と言うと、級長は胆が据った声で、落ち着いた様子で、声をやわらげて、

「そうですか、それを職員室に持って行って先生方が食べるのですか。」

と言うと、家次先生は級長のところにつかつかとやって来て「ピシャリ」と級長の顔に平手打ちをくれた。それは相当な力が加ったらしく、級長の頬には掌の跡がそっくり残って、そのまま見る見る腫れあがった。家次先生が行ってしまった後で、僕らが級長を取り囲んで、

「痛かったろう。あの先公、とんでもねえやつだな。」

と言うと、級長は「うん」と言うと、にっこり笑って「これでいいんだよ。」と言った。そして廊下から教室に向かって、

「みんな一個ずつ剥いて食べよう。心配かけたな、女級長さん卵を水に浸して少し冷ましてやってくれ。殻が剥きやすくなるから、校長先生は怒らないだろうよ。笑っているだろう。」

と言った。その日の昼休みはみんなで茹で卵の味を堪能した。俊男が柄にもなく「広島や卵食ふ時口うごく」と誰れかの俳句をつぶやいた。女級長は廊下に正座させられている僕らの級長に「ねえいいの？　ねえいいの？」と聞き続けていたが、級長は「うん」と言ったきりで平然としていた。

次郎が卵を食べている隣りの席に女級長は座っている。職員室には二人の級長が一緒に授業前にお願いに行くことになっている。僕らはこれを「ご機嫌うかがい」とか「御用聞き」と言って級長二人をからかっていた。これは実際に級長が「次の授業をお願いします。」と言って職員室を出て来るからでもあったが、そのことで級長の通信簿の成績が「オール5」になっていると思っていたからだ。

下衆の勘繰りと言うもので、級長の君夫と女級長が一緒に出てゆくと、教室中で「やあい、お似合いだよ。」とからかったのであった。実際に二人は頭もよく美男美女であることは間違いなかった。

つまり二人で職員室に出かけてゆくのを、大人の婚約者が男女うち揃って、仲人を頼みにゆく姿になぞらえて「御機嫌うかがい、やあい。」と二人を揶揄したのであった。すると級長は、それ以来女級長を連れて行かないで、一人で職員室に行くようになった。それと同時にいつも僕らが反射的に従ってしまう号令を変えた。それまでは「起立、礼、着席」であった号令を「起立、直れ、お願いします、首席」と替えたのだった。勿論これは僕らに直立不動の姿勢を取らせた後で、全員一緒に「お願いします」を言わせ、授業が終わると「ありがとうございました」とも言わせるようになった。級長の号令には僕らは反射的に体が従ってしまうのであるから、無論級長が号令をかければみんなそれに従ったのであった。僕が卵を食べていると、女級長は僕の耳もとに口を寄せてこっそりと言った。

「先生方も職員室でやっているのよ。」

と、ひと言ぽつりと言った。なるほどそういうことだったのかと次郎は思った。同時に級長がひどく大人っぽく感じられるようになった。

僕らの学校では、原田家次先生担当の職家と労作があった。「労作」は今で言えば体験学習というようなものであろう。「鶏の飼育」「兎の飼育」「山羊の飼育」の三つの飼育もあった。それぞれ班員を決めて班別飼育が行なわれていた。僕らはこの飼育が結構楽しくて、みんなわくわくしながら観察の時間が来るのを待っていた。放課後も登校した時も餌をやるのを忘れはしなかった。

鶏の飼育は、毎日鶏が産んだ卵をバケツに集めて職員室に置いてから下校をした。山羊の飼育は、登校すると乳をしぼり、馬穴にいっぱいの乳を職員室に置いてから教室に行った。兎の飼育は、登校時から下校時に兎の好みそうな草を摘んでは新鮮なうちに兎に与えた。そんなふうに可愛がって育てるだけで僕らは満足をしていた。だから卵がどうなるのか、山羊の乳がどうなるのか、兎の産んだ子兎がどうなるのか考えたこともなかった。ただ飼育することに喜びを感じていた。

その後のことを知っているのは級長だけであった。女級長が言うには、卵は先生方が卵焼きにしたり、茹で卵にしたり、生卵で飲んだり、家に持って帰ったりしているらしく、山羊の乳は休み時間に沸かして先生方が飲んでいるらしく、兎は時々売りに出されるらしいということであった。それを聞いて僕らは級長が平然と言ってのけた言葉の意味が理解できた。しかし女級長が慰めに行った時「いいんだ、僕が悪いんだから。」と言ったのを僕は耳ざとく聞いたが、その意味は当の本人である次郎は勿論女級長もわからなかったらしい。

ただ僕らは級長がどうしてクラス全員の、四十五個の大量の宝石のように大切なものを（もっともその頃は宝石などなんの値打ちもなく、卵のほうがずっと価値があった）どっから持って来たのか、家の人に見つからなかっただろうか、ということぐらいしか考えていなかった。ただ復員して来た次郎のおやじが、現地調達とか、現地接収とか、掠奪だとか言っていた言葉のひとつが妙に気になっていた言葉のひとつだが、その言葉は今でも心の隅にしまってあって、ふと思い出すことがあるのだった。

最後の晩餐

その年の冬があければ僕らは中学校を卒業する予定である。学年の半分ぐらいが高校進学を考えるようになっていた。級長の君夫は勿論、その頃県下で一番の優秀校と言われていたU高校に進学するだろうと誰れもが考えていた。しかし農業高校に進学するということであった。秋頃から放課後に学校で補習授業が始まったが、そんなことで級長は補習授業にも参加してもさっぱり身を入れなかった。

補習授業は毎月行なわれる進学テストの結果で五クラスに分散された。勿論成績順のクラス編成で、級長の君夫も次郎も上位のクラスにいたが、級長がそんな態度であったので僕らも勉強をするはずがなかった。適当に補習を受けたり、さぼったりしながら学校の西側を流れる見沼用水の水量が減って氷が張っている上で、下駄に竹を貼ったスケートを穿き、その頃流行した「チューチュートレイン、汽車はゆく」などとみんなで口ずさみながら滑って遊んでいた。そんな僕らを捕まえては津田先生も柴崎先生も一応こごとを言うと「お前たち学校の前の店で煙草を買って来てくれ。」と頼むのだった。級長が、

「しきしまの大和ごころを尋ねれば朝日ににほふ山桜かな。」

と言うと、津田先生は「朝日」だと言い、柴崎先生は「敷島」と言った。僕らは使命感のような優越感で煙草を買いに行った。先生の御用命を果たすという使命感に燃えていたから、今の子供達のように喫煙をしようなどという考えは毛頭持っていなかった。

そんな冬の或る夕方、級長はそろそろみんなお別れだから「最後の晩餐」をやろう、と言い出した。僕らは、またどこかの神社の賽銭箱をひっくり返して、街のコロッケ屋さんで、その日の収入によってコロッケとメンチカツの違いはあったが、それを買っては山の中で食べようと言うのであろうと思った。その頃の村にはまだ神社や祠がたくさんあった。賽銭箱をひっくり返すと下蓋が腐っていてそこから十円玉や五円や一円が出て来た。コロッケが五円でメンチカツが十円であったから一年の中に何回か晩餐会ができた。

しかし、その日の級長の顔はいつもと違って、心なしか引き攣《つ》って見えた。学校の近くの田圃の堀や用水には鯉や鮒が越冬の為に寄り添っている場所が沢山あった。今のように護岸工事など全くなく蛇籠程度で崩れ止めをしてあったので、そんな所には鯉が沢山身を潜めていた。僕らは普通はこの堀の前後を塞き止めて、中の水を掻い出して「掻い堀り」をするのだが、今日は補習が終った後なので、既に夕日は秩父の山に寝に入ろうとしていた。

級長はそんなことに心を患う気配もなく、自転車に乗るやその堀に向かって走り出していた。その頃中学校は町にひとつで皆四キロ四方から登校していたので、補習が始まると帰りが遅くなるので自転車登校が許可されていた。級長に続いて僕らは皆んな自転車を走らせた。

夕暮れが近づいた田圃はいつもと違って何か哀愁に充ちていた。卒業も間近かになっていたので僕らが感傷的になりすぎていて、そう思えたのかもしれないが、フランク永井が低音で「君恋し」と歌ったり「有楽町で逢ひましょう」など歌っていたのを僕らの誰れかが口ずさんでいたり、或いは

「ズンドコ節」の小林旭や今日亡くなられた島倉千代子の「東京だよおっかさん」などの歌を歌っていたからかも知れない。やけに涙があふれて来そうな気分でもあった。

そうこうするうちに目的の堀りに到着した。級長は泣き出しそうな顔を急に引き締めて、いつもするように僕らの方を向き直ると、いつものように号令をかけようとした。だが級長の号令はなかなか言葉にならなかった。級長は口を一文字に結んで、涙をこらえていたのだった。しばらく沈黙の時間が流れた。そんな感傷的な顔つきになっている君夫を見たのは最初で最後だった。

「この堀の土管の中に魚が寝ている。前後を土で塞ぎとめよう。今日は掻い堀りでないから土手はきしゃでいい。水を塞き止めてあれば大丈夫だろう。」

と、おもむろに級長は言った。そこで僕らは裸足になると、そっと足を掘りに入れて前後を塞ぎとめた。掻い堀りと違って難なく前後を塞ぐ土手ができた。続け様に級長が言った。

「自転車の発電機のコードをライトからはずせ、そして水の中にコードを引き込むんだ。そして自転車の後方を掘りに向けて立てる。そしてみんなで発電ができるように、しっかり自転車のスタンドを立てて倒れないようにするんだ。」

「なにをするんだよ。俺のは前に発電機があるが大丈夫かな。」

と、また俊男が頓狂な声で聞き返した。

「大丈夫だ。自転車をひっくり返してハンドルを地面に着けて荷台も地面につける。」

と言うと、級長はいつものとおり、右手を挙げてからさっと下した。僕らは一斉にしっかり立てた自転車に跨がった。俊男は逆さにした自転車の脇にしゃがんでペダルを手に持った。

「さあみんな、一斉に力の限り思い切りペダルを踏め、そして強い電気をおこすんだ。途中であきらめてやめるのでないぞ。」

級長に言われるまま、僕らはどうなることかと思いながらも、走りもしない殻の自転車をこいだ。十人ぐらいで自転車をこぐのも結構圧巻である。四、五十分の間僕らは自転車をこいでいると、白い腹を見せた鮒や鯉などがぷかりぷかりと浮きはじめた。僕らはそこで尚も一生懸命になり、自転車をこぐほどに魚が浮いてきた。僕らはびっくりした。こんなことで魚が感電するとは思わなかったから、みんな面白くなって歓声をはりあげた。

「そろそろいいんじゃないかな。魚をつかまえよう。おお結構、思ったより浮いているではないか。」と言って、級長は鞄から網を取り出して浮いていた魚を拾い集めた。なんと用意周到なことだろうと僕らはあっけにとられて、汗ばんだ顔を拭きながらみんなで顔を見合わせた。掬いあげた魚を網に入れると級長は「よし次に行こう。」と言って、あの窪地の山裾までやって来た。

そこからは田圃が一面に夕暮の中に広がっている。比企丘陵の台地にある村だから、窪地には一筋の清らかな水が湧き出している。かつては、この山林の山裾から湧く水を集めて溜池を作っていた。今では溜池も埋めたてられてしまったが、この町や村を取り巻くように溜池の名が地名として残っている。その地名を見れば自然にかつての地形を想像することができるのだ。

赤坂沼、深津溜、天神溜、八幡溜、盆川溜、馬場溜、城沼、黒浜沼、など他にもまだある。それだけ台地から湧き出す清流があったからこそ蓮の栽培も多かったのであろう。

その清水からは夕暮れの野に向けて水蒸気が立ち昇っていた。級長はその清水で綱の中の鯉や鮒をばしゃばしゃと洗った。洗うついでに流れに揺れているクレソンを片手いっぱいに摘んだ。それが終わると例の山林の窪地に集まった。級長は例の肥後守を取り出すと、堅い橿の木の人指し指ほどの太さの枝を切り取ると、それで鯉や鮒を上手に串刺しにした。それから枯枝を集めて火を付けると、しばらくして枝が燃えて燠になると串刺しにした魚を周りに並べ立てるとまた枝を投げ込んだ。ほとんど日は暮れて、あたりは夕暮に包まれ出していた。三、四十分かかって魚を焼いていた。僕らは燃える火に手をかざして暖を取っていた。無言のままで火にあたっていた。

夕暮れがそこまで迫りかけた頃になると、こうばしい匂いが漂いはじめていた。やがて魚はこんがりと焼きあがっていた。

級長は今度は、鞄の中から大きな皿を二枚取り出した。小さな醤油壜も取り出した。魚は焼く前に塩をたっぷりと付けてあるので、黒く焼きあがった所と、塩が焦げてかばり着いているところもあった。級長は皿の上に焼きあがった魚を集めて、串を抜いて例の肥後守を使って魚の身を二つに割った。魚の白い身の部分から湯気が立ちのぼっていた。二つに割った身をぱらぱらとほぐすと級長は、さっきのクレソンを小さくちぎるとぱらぱらと撒いてその上に醤油をさっとかけた。

「さあ始めよう、始めよう、今日は酒もある。未成年だから酒は飲めないが、寄り合いの時には、子どもも飲んでよいあの酒だ。本当はこれもいけないのだが。」

と言って、また鞄の中から二本ほどの壜を取り出した。赤玉ポートワインという飲みものだった。近頃のワインブームの高級品とは比べものにならない安いワインである。赤い色がしているからワインであろうが、口当りは甘くて葡萄ジュースのようなものであった。

魚は手掴みで食べた。ほくほくとしていて塩味と醤油味がうまく噛み合っていてまことにうまかった。ワインはひと口ずつ口に含んでは壜をまわし飲みをした。魚の肉を掴んで口に入れた後に、ワインを含むとこれが堪らないほど美味であった。僕らはこれが「大人の味」なのだと知った。

魚をほぼ食い尽くす頃になって級長がぼそぼそと口を開きはじめた。

「今までみんなにきついことを言って来てごめんな。おれは農業高校に行こうと思っていたが、もうこのあたりでは農業はできなくなるそうだ。だから工業高校に行くことにした。三年後には職工になる。この中で教師になろうと思う者がいたら、あの先公のようにならないでくれ。だが、あの先公のおかげでおれ達は、結構楽しい中学校生活を送ることができたよ。だから、だから、あの先公も、ほんとうはいい先生だったのかも知れないいな。」

と言った。そこでしばらく先生達の話題になった。俺はあいつにビンタをくらった。俺は拳骨をもらった。頭がボコボコになったよ。俺は職員室でずいぶん暗くなるまで座らせられたよ。などとひとしきり思い出話しになったが、最後は「職家の労作」の、あの時の、あの話の、あの味についての話しになった。

「もしかすると、あの先公の言うことは本当かも知れないぞ。あのなんとも言えぬあの味が、うまい大根や白菜をつくるんと違うか。」

と言うものがあるかと思えば、みんなそうだと思ってしまうし、

「あれは嘘だろう。あんなことで肥料のよしあしなどわかるもんか。」

と言うものもあった。そう言われてみればみんなが、そうかも知れないと思ったりした。

「もしかすると先公は、やがてあんなものはなくなってしまうから、俺達に忘れさせまいと思ってやったのかもしれないぞ、げんに俺のうちでは、もう糞尿なんか使ってないよ。時代おくれだよ。きっとそうなんじゃないかな。」

と言う者もあるし、また確かにそうだと思ったりしてしまう点もあった。

「いやいや、あいつは陰険だから、きっと俺達をいじめようとしたのさ。」

とも言った。始めに言い出したのは級長だったが、みんなが、わいわい言っているうちに級長は黙りこくっていた。次郎も君夫と同じように、一言もしゃべらず聞いていると、最後に級長は「いやきっといい教師に違いないよ。」と言ったので、その話しは終わりになった。話し終える頃には火も消えがてになっており、僕らの「最後の晩餐」は終った。燃え残った火に向かって僕らは皆んなで一斉に小便をかけて消火をした。その消火もやっぱり級長の消火が一番長く、一番の量の多さで放水をして完全に火は消えた。念のため僕らは僕らの足で、周りの土を掘り返してその上にかけた。あたりにはすっかり暗闇みになっていた。

ここでも級長は鞄の中から棒電気を取り出して、僕らが電気発電機にコードをつなぐのを照らして

くれていた。僕らはなんとも用意周到で、頭のよい級長だとあきれかえった。みんなが電気コードが接続し終えると、僕らは一斉に家路を目指して帰途についた。みんなで「宵闇みせまれば、悩みは果てなし」などと皆んなで口ずさんでいた。

猿股騒動

僕らの中学校では大半が高校に進学した。二月末の高校入学試験が終了すると形ばかりの学年末試験があった。それが終ると三月からは授業もなくなったが、卒業式はその頃はまだ三月の十日頃ではなく、二十日に行なわれることになっていた。だから授業がなくても登校だけはすることになっていた。しかし僕ら悪餓鬼たちは結構登校をさぼっていた。

僕らのクラスに高校教師の娘がいた。無論成績は抜群で、県下でトップと言われている女子高校に入学した。男子はあの泣き虫の健一で、これもめきめき頭角を表わして、男子で県下一のU高校に一番で入学した、という噂がたちまち学校中、いや町中、村中に広まった。その女子高校に入学した娘が言うには、既に高校には内申書なる書類が届いており、今までの成績も出席日数も届いているということであった。そこで僕らは、そういうことなら今更授業もないのに登校することはない。適当に登校していればいいのだろう、と思って「ずる」を決め込んでいた。

しかし世の中はそんなに甘くはなかった。学校とて甘いはずはなかった。卒業して仕事についても進学しても、そこには辛いことがたくさん待っている。そこで頑張って生きてゆかねばならない。そのためには体を鍛えておかねばならない。だから毎日登校して半日は体育の授業を行う。短パンツと半袖シャツでの授業だ、と担任の先生がおっしゃられた。また大方は体育担当の藤波先生だからしっかり体を鍛えるのだ、とも言った。

「ええ、体育ですか、それよりも僕はむしろ家庭科がいいな、女子といっしょに裁縫をやったり料理をしたり、その方が楽しいと思いますよ。」

「そうか、次郎はそう思うんだな。それならば次郎ひとりでやったら良かろう私はだめとは言わないよ。ほかの生徒はどう思うか。」

と、津田先生が豪傑笑いをなされながらおっしゃると俊男も、

「俺も次郎といっしょに女子の生徒と家庭科がしたいなあ、家庭科ならばカステラが作れるから、どうだみんなもそうしたいだろう。」

と言ったが、次郎と俊男の意見に賛成する生徒はほかにいなかった。内心はそれでも良いと思っていたのだが、なにしろ津田先生と藤波先生と言えば、拳骨の痛さと頭の天辺に降ろされる握り拳の擂《すり》粉《こ》木《ぎ》の痛さで知られているので誰れも言い出せないでいたのだった。けっして嫌だったわけではなかった。藤波先生は体育の時間にもソフトボールをやらせてくれたり、ドッジボールをやらせてくれた。多分今度も毎日ソフトボール野球をやらせてくれるだろうと思っていた。俊男が何か質問をしようとしたので、やめさせようと目配をしたが、もう間に合わなかった。

「先生、長袖で白ズボンでは駄目ですか、まだ寒いので。」

「何を言うか、もう寒くはない、三月だぞ、もうすぐ桜も咲くんだぞ、新らしい学校にも行くんだぞ、そんな弱虫でどうするんだ。」

と津田先生がいった。みんなあっちゃーと思いながら俊男をにらみつけた。聞いてはならないことを聞いてしまったのだった。藤波先生が続けて言った。

「今日も何人かが進学が決った学校に行っている。入学手続きのためだ。だからいつもの体育の時間と同じようにしようと思ったが、俊男の力強い発言があったので、体を暖かくするために、一時間目はマラソンか、グランド百周だ。」

と言った。これで僕らは決定的だ。もうだめだと思った。当時は体育の時間の冬期は長袖シャツに白ズボンであったが、春期から秋期は半袖シャツと短パンツであった。半袖、長袖と言っても今の木綿の下着のことで、短パン、白ズボンと言ってもどちらも白生地の薄物であった。そんなことより僕らが嫌がっていたものは「短パンツ」とは名ばかりで「猿股」という下着のことであった。当時はみんなそんなもんで、体育の時間がある時は、着替え用の上の下着は一枚用意して持って行ったが、短パンとは長ズボンの下に穿いている下着で、何のことはない。学生服の上着とズボンを脱いで半袖下着と猿股になるだけであった。中学校に入学した時点では恥かしいという思いはなかったが、三年生にもなると女子の視線を意識して恥ずかしくてしかたがなかったのだ。

もっともその頃は貧しくて下着もそんなに新らしいものを何枚も買ってもらえなかったので当然のことではあったのだが、さすがに高校に進学したら体育着としての半袖シャツと、猿股の上に穿く短パンツは学校の中にある購買部で売っていた。

　俊男の思わぬ発言によって白ズボンを穿く許可がでなかったので、僕らはしぶしぶ半袖と猿股姿になって校庭に集合した。女子も上は大抵は同じ姿で、下着の上にブルマーを穿いていた。だから僕らの誰れもが女子のブルマーには興味を抱いていたのであった。あの級長が、にやりと笑ったブルマー紛失事件の真相は今もって誰れも知らない。

「それでは、まずラジオ体操から行なう。一番、二番と続くからしっかりと手足を伸ばせ、これをしっかりやらないと怪我をする。体を柔らかくする運動だ。手や体を大きくゆっくりとラジオに合わせて行なえよ。」

「先生、そうは言ってもやっぱり寒いよ。あまりの寒さなので小便がしたくなってしまいました。便所に行ってよいですか。」

　と、また俊男が言った。俊男は体育がどうも苦手な様子であった。遊びの時はよく跳ね回っているのに、こういう時はかなり緊張をするようであった。

「よし、ラジオ体操が終ったらマラソンをするマラソンは体が蕊から暖かくなる。それが終ったらいつものように、級長の君夫の指示に従っていつものように体育の時間だ。」

「うわーありがたい。さあみんなでマラソンをやってしまおうぜ。」

　と次郎が言うと、級長の君夫は言った。

「マラソンは気をつけないと事故に合う。コースはいつものように学校の周囲を通っている鎌倉街道だ。ここは静かで良い道だから心配はないが、やはり慎重に走って来るように、競争ではないからのんびりと走って来てよいぞ。」

と、君夫が言った。鎌倉古道が関東にはたくさん残っている。多くは畑地を通り、山林を抜けて、山裾を通り田圃の土手になっている。源頼朝が鎌倉に幕府を開いた折りに、関東近辺の武者達が鎌倉幕府の勤番を務めたり、「すわ鎌倉」という場合に駆けつける為に開鑿された道である。多くは残っている道が風光明媚な所を通っている。当時は馬が通れるぐらいの道だから幅は一間半、つまり九尺程である。今では農道として使われているだけなので自転車が並んで走れるか、軽トラックが一台分通れる幅なのでマラソンコースには最適なのである。僕らの町は南北に長い台地上にあるので、町のど真ん中を鎌倉街道が通っていたのだった。こんな景観の素晴らしい場所は滅多にない。

「全員集合、戻ってない者がいないか、番号を取る。全員整列、番号一。」

と君夫が言うと、その後に続いて僕らはいつものように整列をして番号を述べたのだった。君夫は慎重にまた一人一人を廻って人数を確かめたのである。こうした人物だから先生も君夫に絶大な信頼感を寄せている。君夫も信頼感に応えたのでいつも級長を務めてきたのだった。

「それでは十分休憩をしてからいつものように、ソフトボールをやろう。いやもう卒業だから野球部員もいるので軟式野球にしよう。」

「俺がポジションを決めるよ。まず部員達がポジションに就こう。ポジションに着けなかった者は、みんなバッターになろう。」

と、級長と健一でルールを決めた。健一は、ハンドボールの選手で、三郎はテニス部で君夫は野球部で茂夫は陸上部だった。そんなようにしてポジションが決まった。みんな大喜びだった。日頃放課後活動で文化部や部活動に属してなかった者は、内心引け目を感じていたので、この際日頃のうっぷんを晴らせる良い機会と、みんなふるい立った。しかし試合が始まると誰れも塁に出られなかった。

級長の君夫は野球部で投手を務めていた。健一はハンドボール部員であるから一塁手で、球の扱いには慣れていた。三郎はテニス部だから遊撃手で右に左に飛んで来る球をみな拾ってしまった。これでは誰れも塁を踏めないと思っているうちに次郎の打順になった。

次郎は小学校の高学年から剣道場に稽古に通っていた。中学校に入学した時に剣道部はなかった。そんなことから次郎は中学生になると道場通いもおろそかになり、あまり熱心でなくなっていた。しかし勘は劣ろえていなかった。次郎はどんな処に飛んで来る球も打てる自信があった。次郎がバッターボックスに入ると、思わず拍手と歓声があがった。交替で級長を務めて来た、君夫と次郎の最初で最後の対決であったからだ。二人はあきれて顔を見合わせた。そして真赤な顔になった。なんと女子もバレーボールをやめて観戦に来ていたのだった。二人の猿股姿を女子が眺めていたのであった。そんなことで皆んな緊張をしていた。

間もなく静かになったので君夫がふりかぶって投球に入った。最初は恥かしかったのか、ひょろひょろ球であった。こんな球を次郎はなんなく打ち返せたのだが、恥ずかしさのためか、打ち返すことをしなかった。二、三球君夫がこんな球を投げたのだった。すると健一が、

「おおい、いい加減にしろよ。しっかり投げろ。次郎もちゃんと打ち返せ。」

と、語気鋭く言った。そんな甘い球を健一としては許せなかったのだろう。何事にも真剣に取り組んで来た健一は、ハンドボールのキャプテンも務めて来た。だから女子を前にして恥かしがっている二人を許せなかったのだ。しかし健一はハンドボールの短パンを猿股の上に穿いているのであった。君夫は野球部のキャプテンだから、試合や練習の時は、今のようにスマートではないが、一応は野球シャツやズボンを穿いて行なう。しかし今日は体育の時間だからそれを身につけていないのだ。

「早く投げなよ。あまり格好つけるなよ。どうせ次郎にお前の球は打てないのだから。早く交替して俺達でホームランをがんがん打ってやろうぜ。」

と、健一は自信とも励ましとも挑発とも言えるように、大声で気勢をあげた。

「わかった。わかった。いま投げるから、健一しっかり捕れよ。」

「だいじょうぶ、だいじょうぶ、君夫の球はだれもうてないよ。」

と、今度は君夫を持ちあげるように声を一層大きくして言った。すると君夫は左足をあげて投球の構えに入ると、くるりと後ろを向いて、一塁の健一に豪速球を投げた。健一は次郎に投げると思っていた球が自分に投げられたので慌てて受け止めたが、あまりに突然だったので尻餅をついてしまった。周囲からどっと歓声があがった。これも実際は、健一が受け止められなかったのか、それとも照れ隠しだったのか、今もってわからないが県下一の高校に入学した健一だから、パフォーマンスであったのかも知れなかった。球が君夫に返されると、級長は豪快なスタイルを取った。既に野球部を引退し、それほど球を投げることをしていなかったのだが、投げられた球は君夫の渾身の一球であった。

次郎はやっと自分の思うような球が来たとにやりとした。思い切りバットを振ると球芯に当たり、球は高々と青い空高く飛び去って行った。もう春めいた空には、綿飴のような、綿菓子のような雲がぽっかりと浮いていた。大きな大きなホームランであった。球はひとしきり青空に弧を描くと、高台にある学校の屋根を越えて、台地の下の五、六メートル低く流れている見沼用水に消えて行った。また歓声が大きく響き渡った。

さて次は貞雄の番であった。貞雄は部活動はやってなかったが、校内マラソンでは常に上位で、運動会の百メートル走、二百メートル走ではいつも一等賞の賞品獲得王であった。君夫も次郎にホームランを打たれた後に、俊足の貞雄なので緊張していたが、何回かボールを持たずにウォーミングアップをした後にマウンドに立った。左足を大きくあげて右手に左手を添えて速球の構えに入って投げ下ろそうとした瞬間、君夫の猿股が足まですっと落ちてしまった。

球は急に勢いを失って、速球どころか、ヒョロヒョロと手から零れ落ちてしまった。君夫の猿股の護謨紐が切れてしまったのだった。一瞬みんな息を呑んだ、途端に声ひとつなくなった。君夫の身体の大事な部分が一瞬あらわになってしまった。慌てて君夫は猿股を引きあげると「タイム」「タイム、マッタ」と大声で言った。

「次郎、投げるのを交替してくれ。とんでもないことになった。俺は降板、教室に行って来る。あ、保健室だ。後はたのむぞ。」

と言って、両手で猿股を引きあげながら保健室に向かって慎重に歩いて行った。男子は皆だまったまま、黙々と野球を続行したが、女子は、ひそひそと話しをしながら一人消え、二人消えて、自分達のバレーコートに帰って行った。こんなことは良くあることで、次郎もラジオ体操をやっている時も切れたし、下校の途中で遊んでいて切れてしまった。下校の時は、そのまま上に強く引っぱってからバンドを強く締めて、落ちないようにゆっくりと歩いて家までたどり着いたことがあった。

クラス中の生徒が一回や二回、みな経験をしているので男子はそれほど恥でもなかったが、君夫が、学校中で一番の切れ者、「カミソリ級長」と言われている者が、大衆の面前で護謨紐が切れてしまうなんて、なんと神様も意地悪をするものかと、誰もがうらめしくも思うことであった。当時の護謨紐は、戦後のことなので、まだ「ゴム」の輸入が少なく悪質なゴムであったため、何回か洗濯をするとすぐに伸びてしまうのであった。ゴムが緩くなる度に、途中に引き出す穴が開いているので、そこから引き出しては、ひっぱって、ほど良い締り具合のところで結んでいたので、急に腹に力が入ったり、腰に力を入れたりすると必ず切れてしまうのである。その当時、押売の学生は本当の学生なのか、贋者なのかわからなかったが、よく家を廻っている押し売りがいた。

「苦学生なんだけど、家から仕送りも途絶え、なかなか仕事も貰えず難儀をしているので、この護謨紐、十円で買ってもらえないか、十円で二センチ、百円で二十センチだよ。安いだろう。」

などと言ってやって来た。本当に安いのか、それとも学生服は着ているが、本当の学生なのかわからなかったが、顔が怖い顔をしていたので、一応はどこの家庭にも何本かあったので買い置きの一本と、母親の髪の毛止めのピンを一本セットにして持っていた。護謨が切れたら、先端を髪止めピンの股にはさんで、猿股の穴からピンを刺し込んで、切れてしまったものとを交替したのであった。

学校では誰もいないときは、教室で代えたり、保健室で代えたりした。不器用な者は保健室の山川みどり先生に直してもらった。山川先生は、それはそれは美しい先生で、独身で、美人であったのでいつも誰れかが保健室に入っていた。夏の朝礼では貧血をおこす生徒が続出した。当時は食糧難でもあって、充分な栄養も摂取できなかったので、長時間の朝礼では、バタバタと倒れ、たちまち保健室には二十名を越す貧血者が運び込まれた。

次郎も貧血で倒れたことがあった。医者で診察したところ蛔虫がいて、これが悪戯をしているので貧血になるのだと言われ、虫下しの薬を飲まされた。朝礼が長引いて立っていられなくなり、一瞬目の前が真闇となって意識を失ってしまった。たいてい意識を失うとバッタリ倒れるので、何かに頭をぶつけて大怪我をすることがあるということであった。次郎も保健室に運びこまれたらしく、気がつくと白いベットの上に横たわり、クレゾールの良いにおいがしていた。

次郎はすぐに気がついたのだが、保健室の山川みどり先生が、噂に違わぬ美人であったので、気づかないふりをして横になっていた。だいたい十分ぐらいで意識を取り戻し教室に帰って行った。次郎は「ずる」を決め込みそのままベットにいると、山川先生が心配そうに覗きに来てくれた。

「もう大丈夫でしょう。気がついたら起きなさい。あなた次郎君でしょう。先生はね。あなたの叔父さんと同級生なのよ。だからあなたのことをよく知っているのよ。」

と、山川先生は言った。それから野菜はよく煮たものを食べなさいとか、胡瓜やトマトなどはよく洗って食べなさいとか、体を丈夫にしなさいとか、睡眠を充分に取りなさいとか、こまごまと健康に生活する話しを語ってくれた。先生はおそらく次郎が、小学校三年生の時に、小児結核に罹患してほとんど登校せず自宅療養をしていたことを知っていてそう言ったのに違いない、と思った。

僕らは毎日そうして体育の授業を受けていた。また野球をする時の合図は「サルマーター」と言った。学校が始まって以来の優秀な健一と何事にも精神力と胆力で打ち勝ってゆく君夫の二人は、いつも町中、村中の噂話しとなっていた。その優秀な人物の級長の君夫が「猿股事件」を起したのだから、狭い町では大評判になっていたのだった。そんなことがあってから数日後、

「不来方のお城の草に寝ころびて空に吸われし十五の心」

これはいい歌だね、と君夫が言った。次郎もまだあるよ、元荒川や綾瀬川と違ってあの川は流れも早いから良い歌ができるんだよ、と言って二人は長閑な田圃道をぶらぶら歩いて帰宅していた。

「やはらかに柳青める北上の岸辺目に見ゆ泣けとごとくに」

と言う歌も良いね。ああ、こんなのもあった。このあいだの火事騒ぎの時にふっと思い出したのさ、と君夫が言った。

「武蔵野はけふはな焼きそ若草に妻もこもれり我もこもれり」

ああそうだ、もしかしたら在原業平の歌かもな、と次郎が言うと君夫はしばらく感傷的になっていたのか、それとも猿股事件が尾を引いていたのか、寂しそうな様子をしていた。

「君はいいなあ、そういう授業を四月からたっぷり受けられるのだからね。」

「いや君夫が行く学校でもそういう授業はあるだろうよ。どんな学校に行ってもそう変りはないのではないか。高校という名がついているのだから同じようなものさ。」

「いややはり、この間入学手続きに行ったら、工場見学という時間があったよ。なんで学校に工場があるのだろう、と思ったら実習棟なんだ。そこには旋盤や圧延機などがあって、やっぱり工場だったよ。学生もみんな学校では油のついた作業服を着ていたよ。」

「そりゃー当然だろうよ。工業高校なんだから、これから日本は工業立国になるんだから、君はこれからの日本を支える優秀な技術者になるんだから。しっかり勉強しようぜ。」

「しかし次郎はいいね。これからもうんと勉強ができるんだから、ま、どちらへ行こうと二人ともこれまで通り仲よくしてゆこうな。」

と君夫がしみじみとした口調で言った。そう言えば、君夫のおとうさんは去年この世を去ったのだということを次郎は思い出した。

「この道をゆけば行き着く春の雲さ」

と、次郎が言うと君夫も元気を取り戻したようであった。春は人を感傷に誘うらしい。

そんな会話をしているうちに学校には自衛隊のブルドーザーが数台やって来た。級長の君夫と次郎の中学校は高台にあったが、西側が田圃であったので校庭の三分の一が低地で、見沼用水の東土手がなく、夏になると、校庭の三分の一が水浸しになった。恰かも池のようになり魚も大量に泳いでいる。

当然のことながら級長の号令で「魚取り大会」もやったことがあった。しかし学校では使えない三分の一をなんとかしようと、治水組合に依頼し見沼用水の東堤を作るために、校庭の土を西側に運んで、校庭を広く使えるようにするためということで土を盛る作業が始まったのであった。

東側の校庭に横一列にブルドーザーが三台も並んだのは圧巻であった。まるで戦闘を開始するようでもあった。三台のブルドーザーが黒煙をあげて、エンジンの音を高々と鳴らしてゆく勇姿は壮観であった。そんな姿を毎日見ていたら、突然に俊男が言った。

「そうだ、俺は自衛隊に入隊しよう。自衛隊に入ると、あの格好の良い戦闘機乗りのような服も着られるし、ブルドーザーも戦車も運転できるようになれるから。うん、そうだ、善はいそげということもある。そうだ担任の津田先生に頼んでみよう。」

それまでなんとなくしょぼんとしていた俊男は生き生きとして登校するようになった。やがて俊男の入隊が決ったということが知らされた。その日もブルドーザーは休むことなく校庭の土を東から西へと押し続けていた。ブルドーザーの轟音はまさしく日本の高度経済成長の幕明けの音であった。

あれから半世紀の五十年が経過してしまった。「歳月人を待たず」の通り、月日が経つのはまことに早いものである。あの時の仲間もみんな定年を迎えている。級長と次郎は相変わらず碁をさしたり、将棋をさしたり、川釣りをして楽しんでいる。しかし毎年のようにだれかの葬儀に行かなければならない。逝く者かくの如し、というが、ちょうど高浜虚子は「大根の葉の流れゆく早さかな」と俳句に詠んでいる。卒業式の前日に校舎の裏側の空き地に埋めた「記念カプセル」を取り出すのもあと三年後となった。それまで何年、だれが生を得て生きながらえていることであろう。蓮の田はすべて亡くなって、山火事騒動のあった山林もなくなって、「最後の晩餐」をしたあの清流の湧水もなくなって、すっかり住宅街になってしまった。五十年の間にこんなにも変貌し、繁栄し、衰微した町はないであろう。活気に満ちた町であったが、今や老人ばかりの町となってしまった。

次郎と君夫の二人は、ほとんど都市化されてしまった住宅地の中で、残った畑に種を蒔いて楽しんでいる。級長を餓鬼大将にして遊び呆けていた中からも立派な者も出て、県下で有数の高等学校の校長になったり、幼稚園の園長になったり、俊男は農協の大型自動車の運転手になったり、三郎は工務店の専務をしていたりしていたが、ほとんど定年を迎えて悠々とした生活を送っている。こんな悪餓鬼の中からも立派な奴が出て医者になっている。しかし、その頃の事を知っている僕らは遊びには行くが血圧さえも計ってもらっていない。みんなこの男の医者としての腕を怪しいと思っているようである。しかし町中では名医の評判も高く、医院はいつも子供の声があふれている。

近頃になって級長と次郎は原田家次先生のことを思い出している。二人は菜園農業をやっているが、どうも化学肥料を使うためか、野菜がうまく育たない。他の仲間でも堆肥を作っている者も多いがほとんど牛糞や鶏糞を専売店で買って来ているようである。

次郎と君夫は木の葉を集めて堆肥を作ってはいるが、やはりこの堆肥に労作の時間に教わった「三年寝かせた黄金の肥料」を混ぜないとだめなのでは、と思いながらも、もうそんな肥溜桶も肥溜もあるはずがなく、すべて水洗トイレになってしまっているので汲みあげようにも汲みあげトイレもどこにもないのである。しかし近頃確かに家次先生が言ったことは間違いないと思うようになって来ているのである。なにしろ「家次」が良いではないか。文化と伝統と家職の継承は日本建国以来、二千年の歴史を持っているのである。この二千年の文化が僅か六十数年あまりで完全に崩壊してしまったのである。

ところがこの方脱線事故など聞いたこともなかったことが起こった。北海道を走っているディーゼル列車が脱線事故を起こした。それも三日も続けてのことで大ニュースとなった。レールの幅がゆがんでいたのに修理もせず走らせていたということであった。それに列車そのものが旧国鉄時代の列車ということであったが、乗客は無事でニュースでも困った顔が写らなかった。

「あれはよかったね次郎。おそらくトイレは旧式だよ。どの列車にもあったね。ほら下をのぞくと線路や枕木が飛ぶように去っていったね。」

「うんそうだよ。夏は暑くてたまらなかったね。窓を開けておくと、時々ひやりとしたね。今では困りっぱなしだ。電車が止まると難儀をするね。十五両の列車に三ヶ所ぐらいしかないからね。それに水洗だから停電などで電車が止まると使えなくなるからね。昔はよく汽車道を歩いたね。枕木の間に落ちていたよ。あのひやっこい霧がなつかしいね。」

次郎と君夫は相変わらず阿呆なことを言って大笑いをした。

「そうだ、そうだ菜園にトイレがないから、あのボットンを作ろう。」

もうすぐ古希を迎えようとしている次郎と君夫の老い耄れ話しは延々と続いている。

解　説

勝又　浩

平成二四年六月から始まったこの「現代作家代表作選集」もこれが「第6集」、着々と存在感を増してきているが、鼎書房主によれば既に「第8集」までの予約があるのだと言う。こうした出版のスタイルが著者にも読者にも迎えられているらしいことが分かるようだ。日本の独特の文化である同人雑誌の世界にもう一つ新しい領域を切り開いているように思われる。

加藤克信（かとう・かつのぶ）、**「誰も知らない My Revolution」**初出は「雑記囃子」第5号（二〇〇七年一〇月）。

中学から高校、一三から一八歳にかけての自分史という形をとっているところに一工夫がある。主人公「加藤勝信」は作者の分身と見るべきであろう。いわゆる思春期、多感で、異性のこと、人生のことを考え始める時期だが、一方、まだどの方面でも全体を見る能力はないし、自身の内部も固まっていない。そのため周囲の影響を受けやすい。そうした不安定な時期の、揺れる自分の心理や性情に、主人公はその時そのときで名前を付けて観察し、またドライブしようと努力する。My Revolution というわけである。こんな自己革命は多かれ少なかれ誰もが通過してくることだろうが、自分の性情に一つ一つ愛称をつけているところが、いかにも高度成長期の子供たちらしい色を出していて面白い。

たとえば兄妹などでまったく性格が違うということがよくある。同じ遺伝子を持ち、同じ環境で育ってきたであろうのに、どこでこういう違いができるのかと不思議でもある。だが、考えてみれば、人は、本能の強い動物とは違って、肉体も精神も生まれつき与えられたものだけを守って生きるわけではない。そこには憧れがあり野心があり、努力があり反省がありと、与えられたものを延ばしたり修正したりしながら自分自身を作り上げて行く過程があるわけだ。そこに個性という差も生じてくるのであろう。そういう意味で、思春期、自己形成期はその人の生涯を決める重要な意味を持つに違いない。

この一編の「七」章には、主人公のその後の人生、加藤勝信四八歳までの半生記の要約が示されているが、この一章のために、それ以前の六章すべてが用意されている、と言ってもよい。小説の構造として考えられていることが見てとれる。社会人になってからの幾変転を、その淵源を少年期思春期の自分の成長史のなかに確認しているわけだ。

小堀文一（こぼり・ぶんいち）、**「渡良瀬川啾啾」**初出は「丁卯」31号（二〇一二年四月、原題は「川」）。

この作者では昨年読んだ、古河藩の家老鷹見泉石の生涯を追った「泉石残影」（「丁卯」32号、後「季刊文科」59号）が忘れ難いが、この「渡良瀬川啾啾」も同じ古河藩にまつわる話。利根川と渡良瀬川と、領内に二つの大きな川を持つ古河藩は治水が重要な藩政の一つだが、その治水のために生涯を捧げたと言ってよい普請奉行・高木辰三郎の生涯を描いてみごとな一編である。本書収録に当たってタイトルを変えているので気が付かなかったが、読んでゆくうちに、既に「三田文学」（一一〇号、二〇一二年八月）の「新同人雑誌評」で伊藤氏貴と二人で紹介した作品であることを思い出した。高木辰三郎は、役人としては中級くらいの身分であろうか。決して高い身分ではなかったが、自分の任務、仕事のために身分も損得もなく挺身している生き方が立派で美しくさえある。堤防の決壊、氾濫洪水のために一人息子を失い、そのために妻が精神を病んでしまうが、それでも任務を果たそうという気持ちはびくともしないのである。彼を理解し支援する親友、小池屋礼次郎との身分を超えた美しい交流も気持がよい。読んで、地理的にも時間的にも、また身分的に言ってもごく身近なところに、こういう人物がいたんだと知る喜び、読書の楽しさは格別である。晩年、妻を労わりながらの隠遁生活、そこで遺言のような一冊の著作「わたらせ水防誌」を書き、妻を見送ってからは、因縁の深い渡良瀬川の源流を尋ねる旅に出てそのまま帰らなかったという。このあたりは、資料を超えた作者の思い入れがあるのだろうと想像したが、一編の小説として見事な納め方だと思われた。

塩田全美（しおだ・まさみ）、「**去年の雪**」書下ろし。

要約すれば、家出して逃げてきた最初の婚家先に、一歳のときに置いて来たままの息子が連絡を取ってきて、三五年ぶりに再会した、という話である。不安ながら約束の場所で落ち合ってみればお互いに一目で見分けられたと、「似っだあ」「本当に」という冒頭、山形弁交じりの再会場面が印象的である。以下、型通りだが母子それぞれの来し方が解きほぐされるように語られている。会いに来るくらいだから息子は母親を恨んではいないが、その裏側として、彼の中学入学とともに死んだ父親のことについて、母親からの優しいことばを引き出したがっている。しかし、嫌で逃げ出した前夫のことなど既に「去年の雪」である母親には、息子の甘い期待に単純には応えられない。反って意地悪くなってしまうが、そこを息子も感じ取って、「お母さんは宇宙人みでだ」と言うあたりが、この一編の山であろう。小説としては全体にもう少し綾や膨らみの欲しいところである。ただし、この作者は現在、自伝的な小説と見える「薄氷」を雑誌「新現実」に連載中であるから、そのなかに組み込まれるべき一部としてみれば、また別の趣を持ってくるかもしれない。

谷口弘子（たにぐち・ひろこ）、「**鷹丸は姫**」初出は「奇蹟」63号（二〇一〇年三月）。

この主人公「鷹丸」を、私には厳密に特定できないが、その父親、「松園成明」とされる人物は、「寛永の三筆」とも称された近衛信尹だろうと推測される。彼には「三藐院記」なる日記が残っているということだ。そこから、彼の周辺の、親しかったとされる「楊樹院」が、一時は信尹に仕えたらしい、やはり「三筆」の一人だが、むしろ茶道の方で知られる松花堂昭乗ということなろうか。松花堂は真言宗の僧として阿闍梨の資格を持った人でもあった。そんな見当はつくのだが、残念ながらそれ以上のことは分からない。信尹の事跡も、彼に娘がいたかどうかも知らないが、引かれている書簡などもあることだから、拠っている資料もあるのだろうと想像する。しかし、たとえば次のようなところを読者はどう読むだろうか。

祖父は伊田成孝が、蓮生寺の変で明戸光平に攻められて自決したあと、ただちに出家し成孝の菩提を弔って、嵯峨野に念仏の日々を送ったのち、その後は追われるように京の南醍醐山に蟄居した。それからまた次には、東国三河の滝川家基を頼って下向するのである。祖父は家基と昵懇の間柄であった。

この後には続けて「松園家にとって絶大な庇護者であった成孝がいなくなり、またたく間に天地有吉の時代となった」というような文もある。これらが何故、織田信長、本能寺、明智光秀、徳川家康、羽柴、あるいは豊臣秀吉等々であってはいけないのか私には全く理解できない。作者の付け直した名前が、モデルである、あまりにも著名な歴史上の人物の名前に、センスとしても負けているように思われる。秀吉が「天地有吉」ではパロディーとしてもパワーがない。ここでは、そういう人たちのいた時代であることを示すのが目的であって、その人物たちの内面にまで入っているのではないのだから実名でよかったのではないだろうか。また逆に、中心になる人物は、歴史のうえでは極めてマイナーな存在なのだから、もっとモデルについての一般的な情報を読者に提供しておく方が、歴史小説として生きたのではないだろうか。特異な世界を作り上げている特異な一編だけに、そんなところが気になったのである。

中田雅敏（なかだ・まさとし）、「**最後の晩餐**」書下ろし。

この著者の教育者、芥川龍之介研究者、俳人としての精力的で多彩な仕事ぶりについては、この「選集」の「第3集」に志村有弘の行き届いた「解説」があるので参照していただきたい。そこに納められた歴史小説「文久兵賦令農民報告記事」は一つの幕末史だが、それを埼玉県蓮田地方の農民たちの動向を中心に、そこから日本の歴史を伺い見ているところに大きな特色があった。作者の熱い郷土愛が匂立っているような一編だったが、その郷土愛を育んだ作者自身の少年期思春期時代を描いたのが、この「最後の晩餐」だと見てよいであろう。

この「第6集」は期せずして自分史ふうな少年期思春期もので冒頭と掉尾を飾ることになったが、二編の舞台となった場所や時代の違いが自ずからそれぞれの作柄の違いにもなっていて興味深い。前者の、昭和五〇年代に対して、こちらは昭和三〇年代、まだ東京オリンピック以前の、生活が万事土臭かった時代の色彩が色濃く残っている。学校でもガキ大将はいるが陰湿な苛めは現象はまだないし、先生方も遠慮なく体罰を振っている。そして、そうであるのに、子供たちは実に伸び伸びと育ち、遊び、深い絆で結ばれている。人間にとって何が仕合せか、それは決して物質的な豊かさや文明的な便利さなどではないと、作品が自ずから語っている。それぞれ、昭和という時代への証言としても、大きな意味を持つ作品だと言えよう。

（文芸評論家）

現代作家代表作選集　第6集

発行日　二〇一四年二月二〇日
解　説　勝又　浩
発行者　加曽利達孝
発行所　鼎　書　房
〒132-0031　東京都江戸川区松島二-一七-二
TEL・FAX　〇三-三六五四-一〇六四
印刷所　太平印刷社
製本所　エイワ

ISBN978-4-907282-09-7　C0093

現代作家代表作選集

第1集

こけし――菊田英生
とおい星――後藤敏春
小糠雨――小山榮雅
ティアラ――斎藤冬海
紅鶴記――佐藤駿司
みずかがみ――三野恵
ぬくすけ――杉本増生
鯒（こち）――西尾雅裕
解説――志村有弘

978-4-907846-93-0

第2集

魘夢譚 彫る男――稲葉祥子
アラベスク――西南の彼方で――おおくぼ系
一番きれいなピンク――紀田祥
夏・冬――西尾雅裕
東京双六――吉村滋
解説――志村有弘

978-4-907846-96-1

第3集

二十歳の石段――木下径子
炬燵のバラード――桜井克明
文久兵賦令農民報国記事――中田雅敏
イエスの島で――波佐間義之
解説――志村有弘

978-4-907846-98-5

第4集

傷痕――斎藤史子
じいちゃんの夢――重光寛子
瑞穂の奇祭――地場輝彦
てりむくりの生涯――登芳久
雪舞――藤野碧
落下傘花火――渡辺光昭
解説――勝又浩

978-4-907282-04-2

第5集

孤独――愛川弘
古庄帯刀覚書――笠置英昭
羚羊（かもしか）――金山嘉城
南天と蝶――暮安翠
死なない蛸――紺野夏子
月見草――山崎文男
ミッドナイト・コール――和田信子
解説――勝又浩

978-4-907282-07-3

第6集

誰も知らない My Revolution――加藤克信
渡良瀬川啾啾――小堀文一
去年（こぞ）の雪――塩田全美
鷹丸は姫――谷口弘子
最後の晩餐――中田雅敏
解説――勝又浩

978-4-907282-09-7

（各巻　本体1,600円＋税）